中华经典诗话

六一诗话 温公续诗话

【宋】欧阳修 司马光 撰

克冰 评注

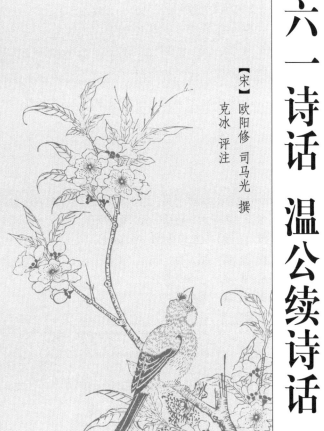

中华书局

图书在版编目(CIP)数据

六一诗话 温公续诗话/(宋)欧阳修,司马光撰;克冰评注. —北京:中华书局,2014.3(2021.8 重印)
(中华经典诗话)
ISBN 978 – 7 – 101 – 09998 – 0

Ⅰ. 六… Ⅱ.①欧…②司…③克… Ⅲ. 诗话 – 中国 – 宋代 Ⅳ. I207. 22

中国版本图书馆 CIP 数据核字(2014)第 026108 号

书 名	六一诗话 温公续诗话
撰 者	〔宋〕欧阳修 司马光
评 注 者	克 冰
丛 书 名	中华经典诗话
责任编辑	刘胜利
出版发行	中华书局
	(北京市丰台区太平桥西里 38 号 100073)
	http://www.zhbc.com.cn
	E-mail:zhbc@ zhbc.com.cn
印 刷	北京市白帆印务有限公司
版 次	2014 年 3 月北京第 1 版
	2021 年 8 月北京第 2 次印刷
规 格	开本/787 × 960 毫米 1/16
	印张 11¾ 插页 2 字数 85 千字
印 数	6001 – 9000 册
国际书号	ISBN 978 – 7 – 101 – 09998 – 0
定 价	24.00 元

前　言

　　《六一诗话》是最早出现的诗话。这是一种谈论诗事的笔记小说，即评说诗歌，议论诗人，记叙与诗相关的琐事、轶事，每则长短不拘，简洁概略，随笔散记，自由闲谈。自此之后，诗话不断涌现，成为我国特有的一种诗学文体。

　　《六一诗话》诞生于北宋中叶。宋朝建立之初，诗界多学唐人，杂彩纷呈，多元并进。最初，学白居易诗一时成风，所谓"白乐天体"，或称"元白体"（宋严羽《沧浪诗话》有"微之、乐天其体一也"之说），如徐铉、王禹偁等。尤其王禹偁，如宋人蔡启《蔡宽夫诗话》所说，宋初"士大夫皆宗乐天诗，故王黄州主盟一时"。王禹偁学白居易，也敬慕杜甫，他的创作有所通变，对北宋中叶诗风具有诸多开启意义。但许多学白诗者，往往一味效其平易，以致流于浅俗。

　　而当时另一潮流则效仿晚唐诗人，所谓"晚唐体"，即追随贾岛、姚合等晚唐诗人的风格，刻意苦吟，冥搜物象，工巧精致，长于五律，清雅有味。这些诗人，多为僧人、隐士，如九僧诗人，如林逋、魏野。这派诗人，常与世事相隔，沉湎于孤高、清苦的自我境界，驰心杳冥，搜寻字句，营造意境。他们往往写出一些字词精妙、境界鲜明的佳句，传诵于世。但他们的诗题材范围较窄，离自我以外的现实生活较远。

第三种潮流是"西昆体"，这是一些文人出身的高级官僚在为朝廷编纂《册府元龟》期间相互酬唱而形成的一种诗风。他们的酬唱由杨亿编集成册，名曰《西昆酬唱集》，在当时产生很大影响，许多人争相效仿，一时成风。清人厉鹗《宋诗纪事》卷六引宋葛胜仲《丹阳集》云："咸平、景德中，钱惟演、刘筠首变诗格，而杨文公与之鼎立，号江东三虎，为之西昆体。大率效李义山之为，丰富藻丽，不作枯瘠语。"西昆诗人虽以李商隐为楷模，但他们的诗作重在"藻丽"，援引经典，以学问为诗，而往往缺乏李商隐诗的深婉情感。

《六一诗话》的作者是北宋著名政治家、文学家、史学家欧阳修。欧阳修（1007—1073）字永叔，号醉翁，晚年又号六一居士。他说："吾《集古录》一千卷，藏书一万卷，有琴一张，有棋一局，而常置酒一壶，吾老于其间，是为六一。"（《三朝言行录》）其诗话因名《六一诗话》。在政治上，欧阳修主张除积弊、行宽简、务农节用，曾与范仲淹等共谋革新，但后来对王安石新法推行中的一些不良后果却有不满。在文学方面，欧阳修是宋初诗文革新的领袖，他与韩愈、柳宗元、王安石、苏洵、苏轼、苏辙、曾巩并称散文"唐宋八大家"，又与韩愈、柳宗元、苏轼被共誉为"千古文章四大家"；他能诗会词，作品不少。欧阳修还曾与宋祁合修《新唐书》，并独自编撰《新五代史》，这种著史功底既对他撰写诗话有所裨益，也在一定程度上对他的诗学观有所拘束。

欧阳修的文学主张受韩愈影响，或说他是韩愈诗文革新的继承者。和韩愈一样，欧阳修主张明道致用，重视内容，所谓"道纯则充于中者实，中充实则发为文者辉光"（《答祖择之书》）。他所遵从的道，与韩愈一样，是"儒"道，所谓"周公、孔子、孟轲之徒常履而行之者是也"（《与张秀才第二书》）。不过，道不是抽象的空谈，他强调道与事相统一，反对"弃百事不关于心"（《答吴充秀才书》），"务高言而鲜事实"（《与张秀才第二书》）。

欧阳修虽然重视内容，但也不轻视形式。他在《代人上王枢密求先集序书》中说："某闻《传》曰：'言之无文，行而不远。'君子之所学也，言以载事，而文以饰言。事信言文，乃能表见于世。"所谓"事信言文"，即内容真实，语言有文采。他列举《诗》、《书》、《易》、《春秋》，以为"皆善载事而尤文者，故其传尤远"，而屈原则"善文其讴歌以传"。欧阳修自己的诗歌创作，则"专以气格为主，故言多平易疏畅"（宋叶少蕴《石林诗话》）。他将作诗基本视同一般文章的写作，往往忽视丰富蕴藉、耐人寻味的诗意，甚至也像韩愈一样，常以散文入诗，如《石林诗话》所言："律诗意所到处，虽语有不伦，亦不复问。"

欧阳修继韩愈之后在北宋文坛举起诗文革新的大旗，鼓励质朴晓畅的文风，举扬有才华的新进作家，逐渐开创了诗文的新局面。

《六一诗话》虽为"闲谈"，却始终贯彻着欧阳修的基本诗学思想。欧阳修似以史家的公允态度记录事实，但在他似乎不表态中表露出他的好恶取舍。他重视诗的思想内容，即要"载事"。无论写宫廷事件，抑或写现实生活，凡诗应言之有物。如若事与道合，弘扬儒学，便更得他的赞扬。而对孟郊、贾岛和追随晚唐风格的九僧诗人，他则流露出嘲讽的态度。在他看来，他们"弃百事不关于心"，或者顾影自怜，沉溺自我境况，或者吟风咏月，陶醉自然风物。但即使"载事"，事却要"真"。欧阳修所强调的"真"，主要是事实的真，即诗中所涉事物完全符合实际，或对真实生活境况的感受。

在诗歌风格上，《六一诗话》主张平实，强调气势，反对浮艳。《石林诗话》说，"欧阳文忠公诗始矫'西昆'"。在"西昆"之风盛行时，欧阳修以平实反浮艳，与梅尧臣、苏舜钦等一起对抗"西昆派"，最终扭转诗风。在《六一诗话》中，欧阳修也对杨亿等"西昆"诗人语僻难晓的学者之弊旁敲侧击。他还特别强调诗的笔力、气势。他虽赞扬梅尧臣的诗清切精新，但与苏舜钦相比，他更欣赏苏诗的"笔力豪隽"、"超迈横绝"。

在诗歌语言上，《六一诗话》主张平易疏畅，反对直白浅俗。欧阳修引用梅尧臣的话说："诗句义理虽通，语涉浅俗而可笑者，亦其病也。"他对效仿白居易的当朝诗人予以讽刺，说他们"语多得于容易"，流于浅俗，为人耻笑。

《六一诗话》甚至提到诗人修养问题，认为博学方笔力有余，无施而不可。

应该指出的是，欧阳修评诗虽观点明确，但不怀偏见。他反对"西昆"浮艳，不满"晚唐"空泛，嘲讽"白体"浅俗，不喜释、道，但对他们的一些好诗句却同样予以肯定。宋人陈师道《后山诗话》说他"不好杜诗"，但他谈到陈从易等人补杜甫《送蔡都尉诗》"身轻一鸟"下一脱字时，则表现出对杜甫炼字功夫的钦佩。欧阳修此种公正态度，应为评家楷模。

于欧阳修《六一诗话》之后，司马光作《续诗话》，以补其遗者。司马光（1019—1086）字君实，号迂夫，晚年号迂叟，卒后谥文正，赠太师、温国公，故其所续诗话名为《温公续诗话》。

司马光是一位著名的政治家、史学家。在政治上，他反对王安石新法，几度上书，认为"治天下譬如居室，敝则修之，非大坏不更造也"，即使"大坏而更造，非得良匠美材不成，今二者皆无，臣恐风雨之不庇也"。但他无力抵制变法，于是请求外任，于熙宁四年（1071）判西京御史台，从此居洛阳十五年，不问政事，潜心修撰《资治通鉴》。

司马光是天生的史学家。《宋史》记载："光生七岁，凛然如成人，闻讲《左氏春秋》，爱之，退为家人讲，即了其大指。自是手不释书，至不知饥渴寒暑。"《资治通鉴》是我国第一部编年体通史，自周威烈王二十三年（前403），至五代后周世宗显德六年（959），涵盖十六朝一千三百六十二年的历史。宋神宗以其"有鉴于往事，以资于治道"，遂赐名《资治通鉴》，并亲为写序。

司马光著作颇丰，除史学外还涉及经学、哲学、医学。他在文学方面也有一定修养，写有游记、诗词。《温公续诗话》即是一部显现其文学修养的著作。

《温公续诗话》作为续补之作，常常照应《六一诗话》，对《六一诗话》中提及的诗人、诗事予以补充或续说。但他在诗歌方面毕竟不如欧阳修多有用功，所以《续诗话》中较少看出如欧阳修那样的明确诗学思想。司马光和欧阳修一样，遵从儒学，不过他不像欧阳修那样特别强调诗的内容，而是多有对一些字精句工、境界新颖的诗篇、诗句的褒扬。但他指出诗贵言外之意，实为可贵。他对一些清贫的隐逸诗人颇显情义，并对他们的诗作予以一定肯定，显出他温良、宽厚的品格。《温公续诗话》除了谈诗，也常说事，即关于诗人、诗作的轶事、趣闻，这些内容充分显示了他作为杰出史学家的特长，往往寥寥数语即传神达意，人物活现，跃然如睹，事意丰富，令人咀嚼。这些记叙或与诗无涉，但也可一读。

　　本书《六一诗话》与《温公续诗话》原文依据中华书局《历代诗话》2006年版，个别标点有所改动。

克　冰

2013 年 12 月

目　录

温公续诗话

六一诗话

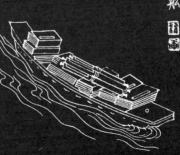

一

居士退居汝阴①，而集以资闲谈也②。

【注释】

①汝阴：古县名。秦代所置，治所在今安徽阜阳。

②以资：即以供。资，供给。

【评析】

欧阳公之前，也有谈论诗的，或如《毛诗》专门解说《诗经》，或如杜甫《戏为六绝句》以诗论诗，等等。梁朝钟嵘《诗品》实则已具诗话规模，但旨在品评各家诗作，文字简略。唐僧皎然《诗式》，乃重在诗法。至于唐人司空图《二十四诗品》，则是描述诗之不同风格。而欧阳公于前人之上更加发挥，别开生

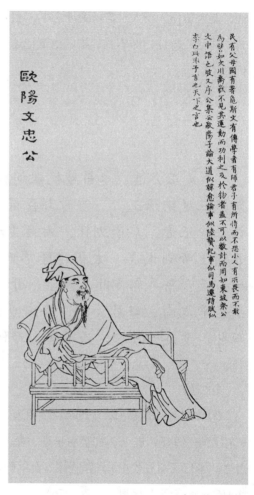

欧阳修画像
《晚笑堂画传》

面，兼言诗作、诗人、与诗关涉之事，名为"诗话"。欧翁"闲谈"二字道出其"诗话"特征，即不拘规格，信笔记述。《六一诗话》遂开诗话之先，亦启词话于后。

二

李文正公进《永昌陵挽歌词》云①："奠玉五回朝上帝②，御楼三度纳降王。"当时群臣皆进，而公诗最为首出③。所谓三降王者，广南刘铱、西蜀孟昶及江南李后主是也④。若五朝上帝则误矣。太祖建隆尽四年⑤，明年初郊⑥，改元乾德。至六年再郊，改元开宝。开宝五年又郊，而不改元。九年已平江南，四月大雩，告谢于西京⑦。盖执玉祀天者，实四也。李公当时人，必不缪，乃传者误云五耳。

【注释】

①李文正：李昉（925—996）字明远，深州饶阳（今河北饶阳）人。后汉乾祐元年（948）进士，官至右拾遗、集贤殿修撰，谥文正，著文集五十卷，曾参与编修《旧五代史》，并监修《太平御览》、《太平广记》和《文苑英华》。永昌陵：宋太祖赵匡胤（927—976）墓，在河南巩义宋陵陵区，东邻其父赵弘殷宣祖永安陵，西靠其弟赵光义太宗永熙陵。

②奠玉：以玉祭典。《全唐文》三十三卷南唐元宗李璟《礼神用真玉诏》

云："礼神以玉者，盖取其精洁表心，温润合德。……自今已后，乾坤六器，宗庙奠玉，并用真玉，诸祀用珉。如以玉难得大者，宁小其制度，以取其真。"

③首出：杰出。

④"所谓三降王"二句：三降王，刘铱（chǎng，943—980），五代时南汉国君。宋兵攻至贺州时欲逃未成，只得乞降。宋太祖赐其锦衣冠带，授官职。孟昶（919—965），五代西蜀国君。公元965年宋将王全斌率师入蜀，孟昶降。宋太祖封其秦国公，孟昶受封七日后亡。李后主，即李煜（937—978）。公元975年降宋，因所作词中多怀古念旧之情，引怒太宗，被赐死。

⑤建隆：宋太祖赵匡胤首个年号，公元960年至公元963年，共四年。

⑥郊：祭天地。古代祭礼，在郊外祭天或祭地，称为"郊祭"。《诗经·周颂·昊天有成命序》："昊天有成命，郊祀天地也。"帝王登基或改年号等重大事件，即行郊祭。

⑦"四月大雩（yú）"二句：雩，古代为求雨而举行的一种祭祀。《宋史》云："宋之祀天者凡四：孟春祈谷，孟夏大雩，皆于圜（yuán）丘或别立坛。"又云："开宝中，太祖幸西京，以四月有事南郊，躬行大雩之礼。"西京，即洛阳。显德七年（960）正月，赵匡胤于陈桥驿兵变，加黄袍，登皇位，建宋，

定都开封，以洛阳为西京。

【评析】

明朝胡震亨《唐音癸签》云："宋初诸子，多祖乐天。"李昉亦然。宋人吴处厚《青箱杂记》说："昉诗务浅切，效白乐天体。"李昉在以"秘阁清虚地"为首句的组诗中也写道："应同白少傅，时复枕书眠。"白少傅，即白居易，其晚年官居太子少傅。白居易《秘省后厅》云："槐花雨润新秋地，桐叶风翻欲夜天。尽日后厅无一事，白头老监枕书眠。"秘省，即秘书省；白居易曾于文宗大和元年（827）拜秘书监。李昉不仅诗学白体，且闲雅亦效白氏，可见对白居易之倾慕。

李昉确也写出不少浅切而不失诗意的作品，如："移得修篁带嫩苔，欲教相夹小桃开。何须一一依行种，但要疏疏满槛栽。枝上挂衣闲就枕，影中铺簟好持杯。蓬丘仙客偏怜尔，应为幽丛数数来。"但《永昌陵挽歌词》不过歌功颂德而已，全篇为："丹青史笔敢虚张，功德巍然轶汉唐。奠玉五回朝上帝，御楼三度纳降王。"诗之首二句以不敢"虚张"的退步姿态"虚张"了宋太宗赵炅超越汉唐的巍然功德；后二句实具其功：五次祭奠天地，三度接纳降王。李昉乃才学之士，深受赵炅喜欢，在赵炅为帝之前二人即常相唱和，后常伴太宗左右。作为当朝诗友，更作为两朝重臣，李昉诗难免夸饰乃至献媚之嫌。

欧阳公订正诗中"五回朝上帝"实为四回，要求真实。但诗的真实，在于真情实感，而与写史不同。即使咏史，也非记录史实，而为幽思感慨、显志抒怀。如若诗写成史，难免招致考对。李昉《永昌陵挽歌词》正如此。

三

仁宗朝①，有数达官以诗知名，常慕"白乐天体"，故其语多得于容易。尝有一联云："有禄肥妻子，无恩及吏民。"有戏之者云："昨日通衢遇一辎軿车②，载极重，而羸牛甚苦③，岂非足下'肥妻子'乎？"闻者传以为笑。

【注释】

①仁宗：宋仁宗赵祯（1010—1063），宋第四代皇帝，1022—1063 年在位。

②通衢（qú）：四通八达的大道。辎（zī）軿（píng）车：辎车、軿车的并称。辎车，古代有帷盖的车。《释名·释车》：

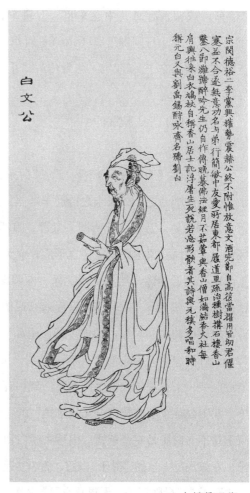

白居易画像
《晚笑堂画传》

"辎车，载辎重卧息其中之车也。"轺车，古代贵妇所乘有帷幕的车。《魏书·礼志》："小行则御绀幰（gàn jì）轺车，驾三马。"后"辎"、"轺"并称，泛指有屏蔽的车子。《汉书·张敞传》："礼，君母出门则乘辎轺。"颜师古注："辎轺，衣车也。"

③羸（léi）牛：瘦弱的牛。

【评析】

宋僧惠洪《冷斋夜话》卷一云："白乐天每作诗，令一老妪解之……解则录之，不解则易之。故唐末之诗近于鄙俚。"实则诗之高深雅俗并非只在于词语之理解难易，乃取决于情调、意旨。晦涩不是深度，难解不等于高雅。《诗经》之"国风"原本民歌，传之于后，成为经典。陶渊明"采菊东篱下，悠然见南山"浅近易懂，然其情怀辽远，格调高雅。初唐王勃"落霞与孤鹜齐飞，秋水共长天一色"，杜甫"两只黄鹂鸣翠柳，一行白鹭上青天"，都可老妪解得，但皆传为佳句。李白的许多诗，诸如《静夜思》，也都明白流畅。白居易为诗，好陶渊明、韦应物之"高雅闲淡"，词语浅近平易，雅俗共赏，因而"自篇章以来，未有流传如是之广者"（元稹《白氏长庆集序》）。

欧阳公承续中唐韩愈"文从字顺"的主张，为文为诗平易流畅，在审美取向上并不与白居易完全抵牾。但后人学白诗者，常有误解，不求意旨，忽略诗味，专效浅易，自然"得于容易"，常常"近于鄙俚"，这是欧阳公不能赞成的。

至于"有禄肥妻子，无恩及吏民"之联，确也浅白，尤其"肥"字更加俚俗。不过，出于达官，能自省享俸禄供养妻室子女而未惠及黎民僚属，也为可贵。

四

　　京师辇毂之下①，风物繁富，而士大夫牵于事役，良辰美景，罕获宴游之乐，其诗至有"卖花担上看桃李，拍酒楼头听管弦"之句。西京应天禅院有祖宗神御殿②，盖在水北，去河南府十余里。岁时朝拜官吏，常苦晨兴③，而留守达官简贵④，每朝罢，公酒三行⑤，不交一言而退，故其诗曰："正梦寐中行十里，不言语处吃三杯。"其语虽浅近，皆两京之实事也。

【注释】

　　①京师：帝王的都城。《诗经·大雅·公刘》："京师之野，于时处处。"清人马瑞辰《毛诗传笺通释》："京为豳（bīn）国之地名……吴斗南曰：'京者，地名；师者，都邑之称，如洛邑亦称洛师之类。'其说是也。"后以"京师"称都城。《春秋公羊传·桓公九年》："京师者何？天子之居也。"辇毂（gǔ）之下：辇，人力推挽之车。《说文·车部》释："辇，挽车也。"段玉裁注："谓人挽以行之车也。"杜佑《通典·礼典》："夏氏末代制辇……秦以辇为人君之乘，汉因之。"毂，车轮中心的圆木，中孔插轴，周围接车辐；代指车轮。旧常以"辇毂"代称帝王，以"辇毂之下"代称京都。此处言，京师乃帝王行动之地。

　　②应天禅院：宋叶梦得《石林燕语》："太祖降诞于西京山子营，久失其

处。真宗朝，尝遣人访之。或以骁胜营旁马厩隙地有二冈隐起为是。复即其地建应天禅院，以奉太祖。天圣中，明肃欲置真宗神御其间，而难于遗太宗，因以殿后斋宫并置二殿，曰三圣殿。庆历中，始名太祖殿曰兴先，太宗曰帝华，真宗曰昭考。"神御殿：古代安放先朝帝王御容、牌位而岁时祭祀的处所。《宋史·礼志十二》云："神御殿，古原庙也，以奉安先朝之御容。"

③晨兴（xīng）：早起。

④简贵：简，怠慢。贵，高贵傲慢。此处指留守禅院神御殿的高官简慢高傲。

⑤公酒三行（xíng）：公酒，行公事之酒，古为自酿。《周礼·天官·酒正》："凡为公酒者，亦如之。"郑玄注："谓乡射饮酒，以公事作酒者，亦以式法及酒材授之，使自酿之。"三行，进行三次，此处指饮三次（杯）。

【评析】

这里实则提出诗与生活的关系问题。如果前节关注的诗的"真"是记述事实的"真"，这一节则说明诗源自真实的生活体验和真实的生活感受。京城士大夫生活于繁华美景之中，但因忙于事役，很少享乐，只能在卖花人的担子上看到花，只能走过酒楼时听到歌乐；朝拜神御殿的官员们匆匆早起，远道奔走，不过吃三杯例行酒而已。这些诗句是他们的生活写照，也流露出他

们的内心情绪。

五

　　梅圣俞尝于范希文席上赋《河豚鱼诗》云①："春洲生荻
芽，春岸飞杨花。河豚当是时，贵不数鱼虾。"河豚常出于
春暮，群游水上，食絮而肥。南人多与荻芽为羹②，云最美。
故知诗者谓只破题两句，已道尽河豚好处。圣俞平生苦于吟
咏，以闲远古淡为意，故其构思极艰。此诗作于樽俎之间③，
笔力雄赡④，顷刻而成，遂为绝唱。

【注释】

①梅圣俞：即梅尧臣（1002—1060），字圣俞，宣城（今安徽宣城，古称宛陵）人，世称宛陵先生。仕途不得意，官至尚书都官员外郎，因称"梅都官"。诗坛有盛名，有《宛陵先生集》六十卷。范希文：即范仲淹（989—1052）字希文，吴县（今属江苏）人，北宋政治家、文学家。官至龙图阁直学士，谥文正，封楚国公、魏国公。有《范文正公集》传世。《河豚鱼诗》：即《范饶州坐中客语食河豚鱼》，全诗为："春洲生荻芽，春岸飞杨花。河豚当是时，贵不数鱼虾。其状已可怪，其毒亦莫加。忿腹若封豕，怒目犹吴蛙。庖煎苟失所，入喉为镆铘。若此丧躯体，何须资齿牙。持问南方人，党护复矜夸。皆言美无度，谁谓死如麻。我语不能屈，自思空咄嗟。退之来潮阳，始惮餐笼蛇。子厚居柳州，而甘食虾蟆。二物虽可憎，性命无舛差。斯味曾不比，中藏祸无涯。甚美恶亦称，此言诚可嘉。"

②南人：南方人。《论语·子路》："南人有言曰：'人而无恒，不可以作巫医。'"何晏集解引孔安国曰："南人，南国之人。"至元代，"南人"则指南宋统治下的汉人以及当地各少数民族。

③樽俎（zǔ）：古代盛酒肉的器皿，樽以盛酒，俎以盛肉。后常以代称宴席。

④雄赡（shàn）：雄健充实。

【评析】

宋人好食河豚，如欧阳公所言，与荻芽一起做羹，以为最美。梅诗开篇即道：当春之时，杨柳飞絮，食絮之河豚肥了，而荻芽也正好发生，所以贵过鱼虾。欧阳公说，懂诗的人称这破题之句"已道尽河豚好处"。

梅诗接着写河豚的怪貌、毒性、怒时腹如大猪目似吴蛙之状，烹煎虽可失其怪样，吃下却像吞镆铘利剑。既然这么伤身，何必定要吃它呢？诗人诘问南人：为什么一齐为食河豚辩护并大加夸赞？都讲味美无比，却不说死人无数。诗人不能说服他们，只好独自思索，徒然感慨。

韩愈初贬潮州，惧食蛇，作诗《初南食贻元十八协律》，有云："唯蛇旧所识，实惮口眼狞，开笼听其去，郁屈尚不平。"柳宗元被贬柳州时，韩愈有诗《答柳柳州食虾蟆》，其中云："余初不下喉，近亦能稍稍。尝惧染蛮夷，失平生好乐。而君复何为，甘食比豢豹。"韩愈初不下咽，后来可稍稍品尝；柳宗元则食如"豢豹"。枚乘《七发》："山梁之餐，豢豹之胎。"之后即以"豢豹"指豹胎，古人以为珍贵食品。

蛇与虾蟆虽形貌可憎，食之却于性命无碍，而河豚则可丧命，其祸无穷。诗人感慨：甚美亦甚恶，美恶相当，这话讲得实在太好啦！

明人冯梦龙《古今谭概·雅浪部》载，刘敞刘原父（1019—1068）开玩笑，以郑谷与梅尧臣并比："郑都官有鹧鸪诗，人称郑鹧鸪，圣俞有河豚诗，当呼梅河豚矣。"梅尧臣因此得"梅河豚"之雅号。

梅尧臣始为诗，受西昆诗风影响，后来拥护欧阳修诗文革新，与西昆派针锋相对。他强调《诗经》、《离骚》传统，主张诗歌因事而发，以物寄兴，所谓"因事有所激，因物兴以通"，且要"刺美"（《答韩三子华韩五持国韩六玉汝见赠述诗》）。这些主张虽然未能完全体现于他的全部诗作，但在这篇河豚诗中可说都做到了：因食河豚事所激，兴美恶之议论，以"刺"风习。梅尧臣

还强调形象性："文章制作比善塑，物象变怪一以泥。"（《依韵酬永叔再示》）他的河豚诗对河豚的描绘确也生动显明。

欧阳公称梅氏河豚诗为"绝唱"。诚然，于宴席之间，一气呵成，起伏转折，文思贯通，浅近形象，卒章显志，实为可贵。但读来却有散文之感觉，而于写实、议论之外，似乎少些诗味。也许，深受韩愈影响的欧阳公也正好看重梅诗此种散文气。

欧阳公赞梅尧臣为诗"闲远古淡"、"笔力雄赡"，这涉及诗歌风格问题。梅氏不满"西昆"浮艳风气，工于平淡。古朴而平易，淡雅而有力，这也正是欧阳公标榜和追求的。宋人刘克庄《后村诗话》称："本朝诗惟宛陵为开山祖师。"此言虽过，但也可见梅氏当初一反西昆诗风的功绩。

六

苏子瞻学士①，蜀人也，尝于渍井监得西南夷人所卖蛮布弓衣②，其文织成梅圣俞《春雪诗》③。此诗在《圣俞集》中未为绝唱④，盖其名重天下，一篇一咏，传落夷狄，而异域之人贵重之如此耳。子瞻以余尤知圣俞者，得之，因以见遗。余家旧蓄琴一张，乃宝历三年雷会所斫⑤，距今二百五十年矣。其声清越如击金石，遂以此布更为琴囊，二物真余家之宝玩也。

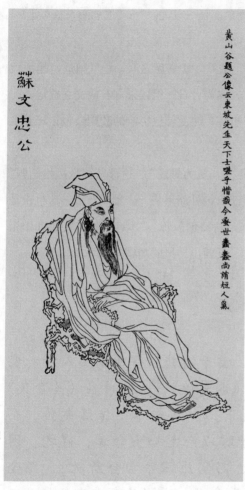

苏文忠公

黄山谷题公像云东坡先生天下士瞻子惜哉今蜀世盖泰尚甭短人氣

苏轼画像
《晚笑堂画传》

【注释】

①苏子瞻：苏轼（1037—1101）字子瞻，又字和仲，号东坡居士，眉州眉山（今属四川）人，北宋文学家、书画家。官至翰林学士知制诰。

②淯（yù）井监：淯井是一处盐井，在今四川长宁双河场，乃在少数民族腹地，本由"夷人"开采，宋王朝将盐井收归官有，因有淯井监。弓衣：装弓的袋子。《礼记·檀弓下》："赴车不载櫜韔。"櫜韔（gāo chàng）：郑玄注："櫜，甲衣。韔，弓衣。"

③《春雪诗》："腊前望盈尺，奸缩不应乞。万物及向荣，而反事凝涊。与雨暗争能，不念伤彼苦。虽然便消释，终是乖气律。新阳岂惮沮，暴柳未为屈。随风势更巧，著树媚且密。谁将背时弃，乃欲逞果必。摧花自作

花，旋积旋已失。上天施命令，冬春不相匹。生物与死物，其道安可壹。呜呼此飞雪，何为在今日。"奸（gān）：作"求"解，《汉书·孔光传》："章主之过以奸忠直。"颜师古注："奸，求也，奸忠直之名也。"溧（lì）：寒冷。

④《圣俞集》：梅尧臣在世时曾有写本《梅圣俞诗稿》，后其妻兄之子谢景初又辑其诗文为十卷。梅尧臣逝世后，欧阳修在谢本基础上补充选定为十五卷。欧氏《梅圣俞诗集序》："其后十五年，圣俞以疾卒于京师，余既哭而铭之，因索于其家，得其遗稿千余篇，并旧所藏，掇其尤者六百七十七篇，为一十五卷。"

⑤斫（zhuó）：削。《尔雅·释器》："肉曰脱之，鱼曰斫之。"郭璞注："斫，谓削鳞也。"此处言琴由雷会削制而成。

【评析】

《春雪》同样符合梅氏"因事有所激，因物兴以通"的原则，由腊前之雪生发开去，表达了因时顺势、不悖规律的道理。诗的开篇，写腊月之际飞雪盈尺，求缩不可，而到万物向荣之时，反倒凝集寒冷，暗暗与雨争能，不顾及伤害万物的萌生。春雪虽然很快会融化，但毕竟是违背自然变化规律的。接着，诗人笔锋一转，写春阳不惧低湿，劲柳也未屈服；随风借势，各种树木娇媚茂密。继而，诗人借题发挥：谁要背弃自然规律，逞强必食其果；摧残花木反倒促成花木，一边积蓄一边已经失去。诗人进一步演绎：上天的命令，冬春不相匹配，生物与死物不可同道。最后，诗人又回到雪上，感叹：这雪为何要在今日飞降呢！

欧阳公称此诗不是梅诗中最好，但其因雪而起，步步推进，层层拓展，首尾呼应，思路顺畅，虽不如被欧阳公视为绝唱的河豚诗状物细微，但多了些气势，也更多令人捉摸之处。

　　欧阳公以为梅尧臣名重天下，因而《春雪》亦能见重于异域。这实际涉及现代理论中传播和接受的问题。文艺作品的传播和接受，名气确也重要；而特以《春雪》织于弓衣，或为偶然，或与接受者的地域文化、审美心理相关。譬如白居易，在国内其名常排于李白、杜甫之后，而在日本受喜欢程度却不在李、杜之下。日本人关注日常处境，重自我内心感受，传统中有种"物哀"情结。李白诗虽多抒发自我情感，但常激昂洒脱；杜甫诗虽多沉郁，但更怀国忧民，而少私情。白居易则常写平常事、日常情，较多人情味，尤其《琵琶行》、《长恨歌》等，悱恻宛转，含悲衔怨，才吐又咽，颇合东瀛审美趣味。

七

　　吴僧赞宁①，国初为僧录②。颇读儒书，博览强记，亦自能撰述，而辞辩纵横，人莫能屈。时有安鸿渐者③，文词隽敏，尤好嘲咏。尝街行遇赞宁与数僧相随，鸿渐指而嘲曰："郑都官不爱之徒④，时时作队。"赞宁应声答曰："秦始皇未坑之辈，往往成群。"时皆善其捷对。鸿渐所道，乃郑谷诗云"爱僧不爱紫衣僧"也⑤。

【注释】

①赞宁（919—1001）：北宋僧人，佛教史学家。俗姓高，吴兴德清（今属浙江）人。精研三藏，兼通儒老百家，擅诗文，宋太宗赐紫衣及"通慧大师"号。入翰林院，太平兴国六年（981）充右街副僧录，咸平元年（998）加右街僧录，次年迁左街僧录。

②僧录：唐宋朝代掌理僧尼名籍、僧官补任等事宜的僧职。唐时，长安有六街，分为左三街、右三街，德宗贞元年间沿用左右街之名置左右街大功德使，管理僧尼之名籍。唐宪宗元和年间，于两街功德使之下设置僧录。宋太宗太平兴国六年（981），新置右街副僧录之职。

③安鸿渐：唐末宋初诗人。元盛如梓《庶斋老学丛谈》言其宋初洛阳人，北宋僧人文莹所撰《玉壶清话》说他晚年为教坊判官。

④郑都官：郑谷（848—909）字守愚，袁州（今属江西）人，唐末诗人。光启三年（887）进士，官至都官郎中，因而后人称其为"郑都官"。郑谷有诗《鹧鸪》篇，所以也有"郑鹧鸪"之称。

⑤爱僧不爱紫衣僧：郑谷《寄献狄右丞》："逐胜偷闲向杜陵，爱僧不爱紫衣僧。身为醉客思吟客，官自中丞拜右丞。残月露垂朝阙盖，落花风动宿斋灯。孤单小谏渔舟在，心恋清潭去未能。"

【评析】

赞宁《大宋僧史略》载，僧人薛怀义、法朗等曾向武则天进《大方等大云经》，附会武则天是弥勒佛下世，替唐王朝来做阎浮提主。武则天将该经和新疏颁行天下，次年，即690年正式称"周"，成了"慈氏越古金轮圣神皇帝"。

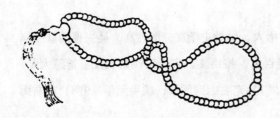

为酬僧人们的"功德",武则天敕封薛怀义等九人为县公,并"赐紫袈裟"。后则效之,遂有紫衣僧。

僧者,断绝尘缘,六根清净。但历代僧人常有趋炎附势,傍靠朝廷者,而帝王也假借僧佛维护或达到其政治目的,二者相互利用,沆瀣一气。紫衣加身之僧,正义之士自多鄙夷。郑谷《寄献狄右丞》之狄右丞即不爱紫衣僧。狄右丞,唐诗人狄归昌。宋孙光宪《北梦琐言》云:"唐狄归昌右丞爱与僧游,每诵前辈诗云:'因过竹院逢僧话,略得浮生半日闲。'其有服紫袈裟者乃疏之。"

《北梦琐言》还说:"郑谷郎中亦爱僧。"宋人方回《瀛奎律髓》说郑谷作诗多用"僧"字。郑谷《自贻》诗中自称:"琴有涧风声转澹,诗无僧字格还卑。"但郑谷称赞狄右丞"爱僧不爱紫衣僧",也是自我写照。

赞宁是紫衣僧,安鸿渐是儒生。安鸿渐援郑谷诗当街羞辱赞宁,当然也是不爱紫衣僧了。

欧阳修《归田录》卷一有一段关于赞宁的有趣记载:"太祖皇帝初幸相国寺,至佛像前烧香,问当拜与不拜,僧录赞宁奏曰:'不拜。'问其何故,对曰:'见在佛不拜过去佛。'赞宁者,颇知书,有口辩,其语虽类俳优,然适会上意,故微笑而颔之,遂以为定制。至今行幸焚香,皆不拜也。"佛本当拜,太祖既问,自是不愿跪拜。赞宁回答不拜,且称太祖为现在佛,可不拜过去佛,其谀颂之态毕现矣。欧阳公崇儒学,不爱释道,虽然赞宁"颇读儒书,博览强记，亦自能撰述，而辞辩纵横"，但其"语类俳优"，"适会上意"，且身加紫衣，欧阳公依然不爱，可见欧阳公于才学之上更重人品。

赞宁面对安鸿渐的嘲讽毫不示弱，反唇相讥，且字字工整，可谓绝对。"郑都官不爱之徒，时时作队。""秦始皇未坑之辈，往往成群。"这两句联对起来，实在耐人寻味：顺者昌，逆者亡，乃专制帝王本性；一个巴结朝廷，虽人厌恶，却仍时时结队，是得志也；一个惨遭坑杀，但还往往成群，可见精神不会被暴政灭绝。

八

郑谷诗名盛于唐末，号《云台编》[①]，而世俗但称其官，为"郑都官诗"。其诗极有意思，亦多佳句，但其格不甚高。以其易晓，人家多以教小儿，余为儿时犹诵之。今其集不行于世矣。梅圣俞晚年，官亦至都官[②]，一日会饮余家，刘原父戏之曰："圣俞官必止于此。"坐客皆惊。原父曰："昔有郑

都官，今有梅都官也。"圣俞颇不乐。未几，圣俞病卒。余为序其诗为《宛陵集》③，而今人但谓之"梅都官诗"。一言之谑，后遂果然，斯可叹也！

【注释】

①《云台编》：《新唐书·艺文志》载，郑谷著有《云台编》三卷、《宜阳集》三卷。《宜阳集》已佚。《云台编》录诗约三百首，其自序云"乾宁初，上幸三峰，朝谒多暇，寓止云台道舍，因以所记"编纂而成之。乾宁，是唐昭宗年号（894—898）。三峰，指华山莲花、毛女、松桧三山峰，是华州代称。可见《云台编》于昭宗李晔幸华州时所编，因"寓止云台道舍"，所以得名。

②官亦至都官：《宋史·梅尧臣传》记载，梅尧臣"历德兴县令，知建德、襄城县，监湖州税，金书忠武、镇安判官，监永丰仓。大臣屡荐宜在馆阁，召试，赐进士出身，为国子监直讲，累迁尚书都官员外郎"。

③《宛陵集》：《四库总目提要》称，梅尧臣"其诗初为谢景初所辑，仅十卷。欧阳修得其遗稿增并之，亦止十五卷。其增至五十九卷，又他文赋一卷者，未详何人所编"。谢景初，梅尧臣妻兄之子。梅尧臣，宣城人，宣城古名宛陵，故世称"宛陵先生"，其诗集得"宛陵"之名。

附：梅圣俞诗集序

予闻世谓诗人少达而多穷，夫岂然哉！盖世所传诗者，多出于古穷人之辞也。凡士之蕴其所有而不得施于世者，多喜自放于山巅水涯之外，见虫鱼草木风云鸟兽之状类，往往探其奇怪；内有忧思感愤之郁积，其兴于怨刺，以道羁臣寡妇之所叹，而写人情之难言，盖愈穷则愈工。然则非诗之能穷人，殆穷者而后工也。

予友梅圣俞，少以荫补为吏，累举进士，辄抑于有司，困于州县，凡十余年。年今五十，犹从辟书，为人之佐，郁其所蓄，不得奋见于事业。其家宛陵，幼习于诗，自为童子，出语已惊其长老。既长，学乎六经仁义之说。其为文章，简古纯粹，不求苟说于世。世之人，徒知其诗而已。然时无贤愚，语诗者必求之圣俞；圣俞亦自以其不得志者，乐于诗而发之。故其平生所作，于诗尤多。世既知之矣，而未有荐于上者。昔王文康公尝见而叹曰："二百年无此作矣！"虽知之深，亦不果荐

也。若使其幸得用于朝廷，作为雅颂，以歌咏大宋之功德，荐之清庙，而追商、周、鲁颂之作者，岂不伟欤！奈何使其老不得志，而为穷者之诗，乃徒发于虫鱼物类、羁愁感叹之言？世徒喜其工，不知其穷之久而将老也！可不惜哉！

圣俞诗既多，不自收拾。其妻之兄子谢景初，惧其多而易失也，取其自洛阳至于吴兴已来所作，次为十卷。予尝嗜圣俞诗，而患不能尽得之，遽喜谢氏之能类次也，辄序而藏之。

其后十五年，圣俞以疾卒于京师，余既哭而铭之，因索于其家，得其遗稿千余篇，并旧所藏，掇其尤者六百七十七篇，为一十五卷。呜呼！吾于圣俞诗，论之详矣，故不复云。庐陵欧阳修序。

荫补：因祖先功勋而补官。

有司：指官吏。古代设官分职，各有专司，故称有司。

辟（bì）书：征召文书。

王文康公：王曙，生年不详，卒于宋仁宗景祐元年（1034），字晦叔，官至枢密使，谥文康。

亦不果荐：也不当真（向皇帝）推荐。

清庙：即太庙，古代帝王的宗庙。

商、周、鲁颂：指《诗经》中的颂诗。

遽（jù）：遂，于是。

【评析】

郑谷是晚唐重要诗人，当时与许棠、任涛、张蟆、李栖远、张乔、喻坦之、周繇、温宪、李昌符并称“芳林十哲”，后世称“咸通十哲”。明朝胡震亨《唐音癸签》称郑谷诗"以其近人，宋初家户习之"。

"近人"，亦即"易晓"。元代辛文房《唐才子传》也说郑谷的诗"清婉明白"，又说"不俚而切"。"不俚"是"明白"的底线：虽明白，但不俚俗。诗词本脱胎于民歌俚曲，但在文人笔下，仅止"不俚"，似还品格不高。而欧阳公说郑诗"多以教小儿"，则更降一格，虽言"极有意思"、"亦多佳句"，可难掩轻蔑之意。可见，欧氏虽标榜平易，却反对"容易"。

郑谷的诗明畅自然，写景贴切，寄情疏淡，属对工致。如其名作《鹧鸪》："暖戏平芜锦翼齐，品流应得近山鸡。雨昏青草湖边过，花落黄陵庙里啼。游子乍闻征袖湿，佳人才唱翠眉低。相呼相唤湘江浦，苦竹丛深春日西。"诗中写到鹧鸪的嬉戏、美好齐整的羽翼、近似山鸡的品格、雨天在青草湖边飞过、花落时节在黄陵庙里啼叫；继而写听到这啼声，游子泪湿远行的衣袖，佳人低眉不能再唱；结句写鹧鸪在湘江岸边相互呼唤，苦竹丛深，春日西坠……诗人咏物寄情，由亮丽渐转忧戚，笼罩着一种淡淡的哀怨和忧伤。"相呼相唤湘江浦"一句于重读处三个"xiang"音连用，既增强音律美，又渲染忧怨情调。

《唐诗鼓吹》说郑谷这首诗"纯用比、用兴，故佳"。金圣叹在《选批唐才子诗》中说："咏物诗，纯用兴最好，纯用比亦最好，独有纯用赋却不好。何则？诗之为言，思也。其出也，必于人之思，其入也，必于人之思。以其出入于人之思，夫是故谓之诗焉。若使不比不兴而徒赋一物，则是画工金碧屏障，人其何故睹之而忽悲忽喜？夫特地作诗，而人乃不悲不喜，然则不如无作，此皆不比不兴，纯用赋体之过也。相传郑都官当时实以此诗得名，岂非以其'雨昏'、'花落'之两句？然此犹是赋也，我则独爱其'苦竹丛深春日西'

之七字，深得比兴之遗也。"

"诗六艺"，"风、雅、颂"是《诗经》的三种类型，"赋、比、兴"指三种写法。赋，对事物记叙铺陈；比，以近事物比远事物，写近以为述远；兴，由眼前事物发挥或寄寓情思，表现主观。一首诗总应表现点什么，总应有所"兴"，至少有所"比"，而不能只是照镜子似的描绘外部事物，所以金圣叹说"纯用赋却不好"是对的。但绘画同样是表现，而非只是"徒赋一物"，仅仅无"我"地描摹。再者，比、兴只有运用自然、得当，所比、所兴真诚、动人，才为好诗，而非纯用兴或纯用比定是佳作。而且，咏物诗不能不赋，不然比、兴便没了依托。所以，诗之好坏，不在一词一句、何种手法，而在整体；整体音谐意切，情景浑然，予人美感，动人心脾，方为上品。郑诗写雨写花，分别着一"昏"字、"落"字，联系全诗，已渗透主观，通篇情调一致，也不能视为纯"赋"。

而欧阳公在《宛陵集》序中，表达了他的重要诗学观。他实则将诗分为两等：穷而后工者，寄情山水，探究鱼虫，因忧思感愤郁积而兴怨刺；用于朝廷者，则歌咏王朝，颂扬帝王，写作如《诗经》雅、颂一样伟大的诗篇。欧阳公

虽然赞扬梅氏之诗，但在他看来，梅诗毕竟尚属穷而后工之作，未如歌咏大宋者之伟大。欧阳公此说，显现了他的宫廷官宦气。不过，他说忧思感愤郁积于内而兴怨刺、写人情之难言，倒也道出诗缘情而发、言难言之言的道理。

九

陈舍人从易^①，当时文方盛之际^②，独以醇儒古学见称，其诗多类白乐天。盖自杨、刘唱和^③，《西昆集》行^④，后进学者争效之，风雅一变，谓"西昆体"。由是唐贤诸诗集几废而不行。陈公时偶得杜集旧本，文多脱误，至《送蔡都尉》诗云^⑤："身轻一鸟。"其下脱一字。陈公因与数客各用一字补之。或云"疾"，或云"落"，或云"起"，或云"下"，莫能定。其后得一善本，乃是"身轻一鸟过"。陈公叹服，以为虽一字，诸君亦不能到也。

【注释】

①陈舍人从易：舍人，《周礼·地官·舍人》："舍人掌平宫中之政，分其财守，以法掌其出入者也。"原本宫内人之意，后世以为君主亲信之臣。秦汉有太子舍人，魏晋以后有中书通事舍人，隋唐又设起居舍人、通事舍人，宋有阁门宣赞舍人；宋元以来也称显贵子弟为舍人。陈从易（966—1031）字简夫，泉州（今属福建）人。端拱二年（989）进士及第，官至龙图阁直学士，著有《泉山集》二十卷，《中书制稿》五卷，《西清奏议》三卷。

②时文：指景德之后风行的"西昆"文风。

③杨：即杨亿（974—1020）字大年，建州浦城（今属福建）人。曾为翰林学士兼史馆修撰，参与修《太宗实录》，景德二年（1005）与王钦若主修《册府元龟》，官至工部侍郎。刘：即刘筠（971—1031）字子仪，大名（今属河北）人。景德元年（1004）为大名府观察判官，参修《册府元龟》，官至龙图阁直学士。

④《西昆集》：即《西昆酬唱集》。杨亿等编修《册府元龟》期间作诗唱和，编辑成集。集中收录杨亿、刘筠、钱惟演等十七人二百五十首五言、七言诗，其中主要为杨、刘、钱三人作品。

⑤《送蔡都尉》：杜甫原题《送蔡希曾都尉还陇右因寄高三十五书记》。全诗为："蔡子勇成癖，弯弓西射胡。健儿宁斗死，壮士耻为儒。官是先锋得，才缘挑战须。身轻一鸟过，枪急万人呼。云幕随开府，春城赴上都。马头金匼匝，驼背锦模糊。咫尺雪山路，归飞青海隅。上公犹宠锡，突将且前驱。汉使黄河远，凉州白麦枯。因君问消息，好在阮元瑜。"匼匝（kē zā）：周匝环绕；

金匼匝，指马头环绕着金制的马笼头。模糊：指覆盖；锦模糊，即以锦覆盖。上公：指位在三公以上的公，唐代指派去监察各道的京官，先后称黜陟使、按察使、采访处置使等，掌管各军区军事的都督、边区设节度使，诗中指哥舒翰。宠锡，皇帝恩赐。

【评析】

晋咸宁五年（279），盗墓者在魏襄王墓掘出竹书，其中《穆天子传》云："天子升于昆仑之丘，至于群玉之山，先王之所谓册府。"郭璞注："即《山海经》云群玉山，西王母所居者。言往古帝王以为藏书册之府，所谓藏之名山者也。"所以，"西昆"指帝王藏书之地，藏书处即为"册府"。杨亿等为宋帝修书，书名《册府元龟》，即源此意。至于"元龟"，本意大龟，比喻可资借鉴之前事。《三国志·吴书·吴主传》："近汉高祖受命之初，分裂膏腴以王八姓，斯则前世之懿事，后王之元龟。"晋人刘琨《劝进表》也说："前事之不忘，后事之元龟也。"杨亿等于昆仑"群玉之山"修书，其间酬唱，所以名之为《西昆酬唱集》。

杨亿为《西昆酬唱集》所写序中称："紫微钱君希圣，秘阁刘君子仪，并负懿文，尤精雅道，雕章丽句，脍炙人口。……因以历览遗编，研味前作，挹其芳润，发于希慕，更迭唱和，互相切劘。""劘（mó）"，此处即"磨砺"，所谓"砥石劘厉，欲求铦也"（王充《论衡·明雩》）。然而，"雕章丽句"、挹遗编前作"芳润"正成他人批评之处。当时石介《怪说》便说："今杨亿穷妍极态，缀风月，弄花草，淫巧侈丽，浮华纂组，刓镂圣人之经，破碎圣人之言，离析圣人之意，蠹伤圣人之道。"同朝魏泰《临汉隐居诗话》也说："杨亿、

刘筠作诗务积故实，而语意轻浅。"欧阳修极力反对"西昆体"，以其创作实践倡立平易疏畅的新诗风。

的确，"西昆"诗人本来博学，又于修撰《册府元龟》中广泛接触古典，因而撷拾前作"芳润"几乎成癖，他们的诗往往句句用典，字字有来处。就内容而言，《西昆集》有作者流连光景、优游岁月的，有歌咏帝王及宫廷旧事的，也有一些写爱情的，更多则为咏物。相比之下，一些咏物诗倒也常含情绪，包蕴意味，有时即使不解其中典故，也能感觉到个中滋味。而石介推崇韩愈的"道统论"，因此不满此类不载"道"的"风月"、"花草"之作；欧阳公发扬韩愈提倡的"文从字顺"、"务去陈言"的文风，因此"始矫'昆体'"（《石林诗话》）。

陈从易好古笃行，不受"西昆"风气影响，坚持质朴文风，诗多近白居易，与杨大雅（965—1033）并为"杨陈体"，对矫正宋代"雕靡相尚"的文风起到一定作用。

据《资治通鉴》，杜甫《送蔡都尉》应作于天宝十四年（755）春。这年哥舒翰入朝，途中得风疾，遂留京师，所以蔡都尉先归陇右，杜甫相送，并托付问候任河西节度使哥舒翰掌书记的高适。前八句盛赞蔡都尉勇武能战，接着写他随哥舒翰入京，再写他远路跋涉，飞归河西，最后托付他问候高适（以阮瑀元瑜比喻）。"身轻一鸟过"，写蔡都尉身手敏捷，如鸟迅疾飞过。西晋张协诗有"忽如鸟过目"之句。而"落"、"起"、"下"皆无迅疾飞过之意，"疾"则只形容速度而无动态。诗是语言艺术，遣词炼句自然重要。杜甫曾说："为人性僻耽佳句，语不惊人死不休。"（《江上值水如海势聊短述》）此处"过"字，神态活现，令人叹服。

宋叶梦得《石林诗话》云："诗人以一字为工，世固知之，惟老杜变化开阖，出奇无穷，殆不可以形迹捕。"老杜一"过"字，自然天成，无刀斧之痕，陈公、众客何以悟其妙！欧阳公虽"不好杜诗"（《后山诗话》），但于此也不能不折服。

十

国朝浮图①，以诗名于世者九人，故时有集号《九僧诗》②，今不复传矣。余少时闻人多称之。其一曰惠崇，余八人者，忘其名字也。余亦略记其诗，有云："马放降来地，雕盘战后云。"③又云："春生桂岭外，人在海门西。"④其佳句多类此。其集已亡，今人多不知有所谓九僧者矣，是可叹也！

当时有进士许洞者⑤，善为词章，俊逸之士也。因会诸诗僧分题，出一纸，约曰："不得犯此一字。"其字乃山、水、风、云、竹、石、花、草、雪、霜、星、月、禽、鸟之类，于是诸僧皆阁笔。洞咸平三年进士及第，时无名子嘲曰"张康浑裹马，许洞闹装妻"者是也⑥。

【注释】

①浮图：梵文 Buddha 之音译。唐释道宣《广弘明集》："浮图，或言佛陀，声相转也，译云净觉。言灭秽成明，道为圣悟也。"凡能"净觉"，即"灭秽成明"，皆为"佛"。此处指僧人。

②《九僧诗》：即"以诗名于世者九人"的诗集，此九位僧人为：希昼、保暹、文兆、行肇、简长、惟凤、惠崇、宇昭、怀古。景德年间，进士陈充曾将这九位诗僧的作品汇成一集，称《九僧诗集》，但至欧阳修的年代已难得见。司马光曾在一位寓居深山古寺的进士闵交如处见过此书。清康熙年间由汲古阁后人毛扆（yǐ）又从其他刊本中抄出。

③"马放"二句：出自宇昭《塞上赠王太尉》。全诗为："嫖姚立大勋，万里绝妖氛。马放降来地，雕闲战后云。月侵孤垒没，烧彻远芜分。不惯为边客，宵笳懒欲闻。"嫖（piáo）姚：劲疾貌。汉霍去病曾为嫖姚校尉。

④"春生"二句：出自希昼《怀广南转运陈学士状元》。全诗为："极望随南斗，迢迢思欲迷。春生桂岭外，人在海门西。残日依山尽，长天向水低。遥知仙馆梦，夜夜怯猿啼。"

⑤许洞（976—1015）：字洞夫，吴郡（今江苏苏州）人。咸平三年（1000）进士，擅长弓矢击刺之伎，精于兵学，有文才，尤精《左传》，恃才傲物，与僧人潘阆（làng）往来，著有《虎钤经》。

⑥浑裹：古代巾帽名或头巾一类的东西，大多为教坊、杂剧人用。宋孟元老《东京梦华录》："教坊色长二人，在殿上栏干边，皆浑裹宽紫袍……诸杂剧色皆浑裹。"闹装：或为"闹妆"，用金银珠宝等杂缀而成的腰带或鞍、辔之类饰物。白居易《渭村退居寄礼部崔侍郎翰林钱舍人诗一百韵》："贵主冠浮动，亲王辔闹装。"也指"闹装花"，清翟灏《通俗编·服饰》："闹装花：《余氏辨林》：'京师儿女多剪彩为花或草虫之类插首，曰闹嚷嚷，即古所谓闹装也……'元强珇《西湖竹枝词》：'湖上女儿学琵琶，满头多插闹装花。'"

【评析】

九僧主要发扬贾岛、姚合推敲琢磨的苦吟精神，但因与世接触的范围所限，诗的内容大多为描绘清幽静僻的自然景色和枯寂淡泊的隐逸生活，因而意象主要为花草禽鸟之类，显得狭窄。他们彼此联系，结社吟诗，相互赠答，如诗中常有"几想林间社，他年许共归"（惟凤《寄希昼》）、"分题秋阁迥，对坐夜堂寒"（文兆《寄行肇上人》）、"几为分题客，殷勤扫石床"（希昼《书惠崇师房》）等句。

九僧诗虽少佳篇，但其中不乏体味细腻、描绘真切、传神有致的佳句，如"虫迹穿幽穴，苔痕接断棱"（保暹《秋径》）、"磬断危杉月，灯残古塔霜"（惟凤《与行肇师宿庐山栖贤寺》）、"照水千寻迥，栖烟一点明"（惠崇《池上鹭分赋得明字》）等。欧阳公所举"放马"一联，形象地描绘出战争胜利之后的情景，很可咀嚼；"春生"句则写出人隔两地的思念之情和身居僻远、春光不到的淡淡凄凉。

咏颂自然，花草禽鸟，是历代诗家常有诗题和常用物象，排除这些词语同样令诗的内容变得狭窄，许洞要求"不得犯此一字"实属刁难。欧阳公说许洞"善为辞章"，可惜其诗现存甚少，不知不犯这些字他能写出怎样的诗篇。他的《嘲林和靖》写道："寺里掇斋饥老鼠，林间吟嗽病猕猴。豪民遗物鹅伸颈，好客临门鳖缩头。"诗中虽无他列出的"犯"字，却有相类的"林"及"鼠"、"猴"、"鹅"、"鳖"。时人所谓"许洞闹装妻"，似言许洞得中后其妻头插闹装花，但不犯"花"字，只说"闹装"，可解作其妻佩马具饰物，以此讥讽其难为九僧事。

九僧诗常遭贬抑，同朝叶梦得《石林诗话》就说："近世僧学诗者极多，皆无超然自得之气，往往反拾掇摹效士大夫所残弃。又自作一种僧体，格律尤凡俗，世谓之酸馅气。"欧阳公虽对九僧诗无高评价，但对许洞所为似也有所讥讽。

十一

孟郊、贾岛皆以诗穷至死^①，而平生尤自喜为穷苦之句。孟有《移居诗》云^②："借车载家具，家具少于车。"乃是都无一物耳。又《谢人惠炭》云^③："暖得曲身成直身。"人谓非其身备尝之不能道此句也。贾云："鬓边虽有丝，不堪织寒衣。"^④就令织得，能得几何？又其《朝饥诗》云^⑤："坐闻西床琴，冻折两三弦。"人谓其不止忍饥而已，其寒亦何可忍也。

【注释】

①孟郊（751—814）：字东野，湖州武康（今浙江德清）人。早年贫困，屡试不第，四十六岁始中进士，五十岁任溧阳尉，一度辞职，经荐于元和初再任河南水陆转运从事，试协律郎，后病死阌（wén）乡（今河南灵宝），张籍私谥"贞曜先生"。贾岛（779—843）：字浪（阆）仙，幽州范阳（今河北涿州）人。早年出家，号无本，自号"碣石山人"。后得韩愈赏识，还俗科考，但累举不中，文宗时受排挤被贬长江主簿，时年五十九岁，六十二岁时改做普州（今四川蓬溪）司仓参军，武宗会昌年初改普州司户，未任病逝。

②《移居诗》：即《借车》。全诗："借车载家具，家具少于车。借者莫弹指，贫穷何足嗟。百年徒役走，万事尽随花。"弹指：印度风俗。佛家常以表示许诺、欢喜、告诫等。《法华经·神力品》："一时謦欬，俱共弹指。"嘉祥《法华义疏》解释："为令觉悟，是故弹指。"也表示激愤，如《新唐书·敬晖传》："晖每椎坐怅恨，弹指流血。"

③《谢人惠炭》：即《答友人赠炭》。全诗："青山白屋有仁人，赠炭价重双乌银。驱却坐上千重寒，烧出炉中一片春。吹霞弄日光不定，暖得曲身成直身。"乌银：用硫黄熏炙和特殊方法熔铸的黑色的银。

④"鬓边"二句：《客喜》："客喜非实喜，客悲非实悲。百回信到家，未当身一归。未归长嗟愁，嗟愁填中怀。开口吐愁声，还却入耳来。常恐滴泪多，自损两目辉。鬓边虽有丝，不堪织寒衣。"

⑤《朝饥诗》："市中有樵山，此舍朝无烟。井底有甘泉，釜中乃空然。我要见白日，雪来塞青天。坐闻西床琴，冻折两三弦。饥莫诣他门，古人有拙言。"诣：《小尔雅》："诣，进也。"

【评析】

孟郊、贾岛为唐后期诗人，向被并称，所谓"郊寒岛瘦"，以"苦吟"著称。

说他们"苦吟"，在于他们作诗苦费心思。苏轼说孟郊"诗从肺腑出，出辄愁肺腑"（《读孟郊诗》），韩愈更称孟郊作诗"刿（guì）目鉥（shù）心，刃迎缕解，钩章棘句，搯擢胃肾"（《贞曜先生墓志铭》）。至于贾岛，则被称为"诗囚"、"诗奴"，他自注"独行潭底影，数息树边身"乃"二句三年

得，一吟双泪流"。由于字锻句炼，他们的诗句往往细致入微、贴切形象，表现出真切的感受，给人突出的印象。不过，孟郊的"刿目钵心"多在于诗的整体，而贾岛反复"推敲"则更在于字句，所以多有佳句流传，苏绛《贾司仓墓志铭》说："孤绝之句，记在人口。"贾岛的诗受到晚唐李洞、曹松等一些诗人的推崇，而南宋永嘉徐照（字灵晖）、徐玑（号灵渊）、赵师秀（号灵秀）、翁卷（字灵舒）"四灵诗人"和刘过、姜夔、敖陶孙、戴复古、刘克庄等"江湖派"更尊他为"唐宗"。

说他们"苦吟"，也在于他们虽生活坎坷困顿，但守贫穷而痴迷于诗，致死不费。孟郊做县尉时，不务公事，终日行吟，以致县令另择他人代其理事，并分其一半薪俸给代理者，于是他干脆辞职回家，全心作诗。贾岛同样生活不济，但安贫乐诗。

孟郊、贾岛还喜以穷苦为诗。欧阳

公列举的这些诗篇突出、生动地描写出他们的贫苦之境，令人心酸。这样的诗句在他们的作品中处处可见。

不过他们也另有一些优秀诗篇，如孟郊的《游子吟》即朴素平实，情深意切，至今流传："慈母手中线，游子身上衣。临行密密缝，意恐迟迟归。谁言寸草心，报得三春晖。"他曾追随韩愈"务反近体"的倡导，提出"下笔证兴亡，陈辞备风骨"，写了不少乐府和古体诗。贾岛也有诸如《剑客》这样的素朴之作："十年磨一剑，霜刃未曾试。今日把示君，谁有不平事？"

十二

唐之晚年，诗人无复李、杜豪放之格，然亦

杜甫像
《晚笑堂画传》

务以精意相高。如周朴者①，构思尤艰，每有所得，必极其雕琢，故时人称朴诗"月锻季炼，未及成篇，已播人口"。其名重当时如此，而今不复传矣。余少时犹见其集，其句有云："风暖鸟声碎，日高花影重。"②又云："晓来山鸟闹，雨过杏花稀。"③诚佳句也。

【注释】

①周朴（？—878）：字见素，一作太朴，《唐才子传》称福州长乐（今属福建）人，《全唐诗》作吴兴（今浙江湖州）人。工于诗，不求功名，初隐嵩山，后避福州，寄食鸟石山寺，常与山僧钓叟相往还。黄巢入闽，欲用之，周朴谢回说："我为处士，尚不屈天子，安能从贼？"遂被杀。《全唐诗》录存其诗十五首，编为一卷；死后，友人林嵩得其诗百余篇，编为两卷。

②"风暖"二句：《春宫怨》："早被婵娟误，欲妆临镜慵。承恩不在貌，教妾若为容。风暖鸟声碎，日高花影重。年年越溪女，相忆采芙蓉。"

③"晓来"二句：现只存此联。

【评析】

李白豪放，杜甫沉郁，向来被认为唐诗顶峰。李白多抒发自我豪情，杜甫更忧国忧民，他们的诗厚实真诚，大气磅礴。中唐以后，虽诗人辈出，但诗的气势渐弱，一些诗人写作一些日常小景，朴素自然，而另一些诗人则更注重字句意境，追求形式美，尤其孟郊、贾岛以来，推敲锤炼的"苦吟"之风日兴，正如欧阳公所言，"务以精意相高"。

　　周朴的"构思"之"艰"有一趣事，《唐诗纪事》记云："尝野逢一负薪者，忽持之，且厉声曰：'我得之矣，我得之矣！'樵夫矍然惊骇，掣臂弃薪而走。遇游徼卒，疑樵者为偷儿，执而讯之。朴徐往告卒曰：'适见负薪，因得句耳。'卒乃释之。"周朴抓住樵夫手臂大声喊叫、吓跑樵夫以致令巡察兵疑惑而得来的诗句是："子孙何处闲为客，松柏被人伐作薪。"

　　《春宫怨》今多以为杜荀鹤诗，《全唐诗》在杜荀鹤名下注"一作周朴诗"。

这首诗写宫女临镜梳妆时的心情：因美貌被选入宫中，已经耽误了青春；君王的宠幸不看容貌，又何苦打扮，因而懒得梳妆；窗外的美好春色，令她想起每年溪间采莲的少女们欢乐的情景。"风暖鸟声碎，日高花影重"一联对仗工整，以"风"、"鸟声"、"日"、"花影"几个意象写出春天的温和明丽、生机盎然，反衬出宫中的冷清寂寞。"碎"字突出鸟声的叽喳不断，也传达出小鸟在和风中的欢乐；"重（chóng）"字显出花的繁茂，也衬托出春日高照，阳光明媚；同时，此二字又隐含锁闭深宫的抒情主人公心碎愁重（zhòng）的情绪。

"晓来山鸟闹，雨过杏花稀"对仗也工，鸟"闹"突显出山中晨晓，花"稀"烘托出雨后景象，一字之妙，生气活现，不费诗人苦心锻炼。词人宋祁《玉楼春》有名句"红杏枝头春意闹"，或由周朴此联脱胎而来？

十三

圣俞尝谓余曰："诗家虽率意，而造语亦难。若意新语工，得前人所未道者，斯为善也。必能状难写之景，如在目前，含不尽之意，见于言外，然后为至矣。贾岛云'竹笼拾山果，瓦瓶担石泉'、姚合云'马随山鹿放，鸡逐野禽栖'等是山邑荒僻①，官况萧条，不如'县古槐根出，官清马骨高'为工也②。"余曰："语之工者固如是。状难写之景，含不尽之意，何诗为然？"圣俞曰："作者得于心，览者会以意，殆难指陈以言也。虽然，亦可略道其仿佛：若严维'柳塘春水漫，花坞夕阳迟'③，则天容时态，融和骀荡，岂不如在目前乎？又若温庭筠'鸡声茅店月，人迹板桥霜'④，贾岛'怪禽啼旷野，落日恐行人'⑤，则道路辛苦，羁愁旅思，岂不见于言外乎？"

【注释】

①"竹笼"二句：出自《题皇甫荀蓝田厅》："任官经一年，县与玉峰连。竹笼拾山果，瓦瓶担石泉。客归秋雨后，印锁暮钟前。久别丹阳浦，时时梦钓船。"蓝田县在西安东南，产玉。丹阳即今江苏丹阳。浦：水边，江边。姚合（？—855）：唐代诗人，字大凝，陕州（今河南陕县）人。元和十一年（816）进士，授武功主簿，因称姚武功，官至秘书少监，诗与贾岛齐名，今传《姚少监诗集》十卷。"马随"二句：出自《武功县中作》："县去帝城远，为官与隐齐。马随山鹿放，鸡杂野禽栖。绕舍惟藤架，侵阶是药畦。更师嵇叔夜，不拟作书题。"嵇叔夜：嵇康（223—262）字叔夜，三国时魏末著名的诗人、音乐家，"竹林七贤"领袖人物。

②"县古"二句：出处说法不一。有说杜甫诗句，《同官县志》（民国版）亦如此说，但《全唐诗》未见。

③严维：字正文，越州（今浙江绍兴）人，唐代诗人，生卒年不详。至德二年（757）以"词藻宏丽"进士，官至秘书郎，《全唐诗》收诗六十四首。"柳塘"二句：出自《酬刘员外见寄》："苏耽佐郡时，近出白云司。药补清羸疾，窗吟绝妙词。柳塘春水漫，花坞夕阳迟。欲识怀君意，朝朝访楫师。"

苏耽：传说中的仙人。佐郡：协理州郡政务的官职。白云司：相传黄帝以云命官，秋官为白云，唐朝刑部属秋官，刘长卿曾任刑部都官员外郎。楫师：船工。

④温庭筠（812?—866?）：本名岐，字飞卿，太原祁（今山西祁县）人，唐代诗、词作家。精通音律，才思敏捷，每入试，八叉手而成八韵，所以有"温八叉"之称。恃才不羁，好讥刺权贵，屡举进士不第，官终国子助教，诗与李商隐齐名，时称"温李"。"鸡声"二句：出自《商山早行》："晨起动征铎，客行悲故乡。鸡声茅店月，人迹板桥霜。槲叶落山路，枳花明驿墙。因思杜陵梦，凫雁满回塘。"槲（hú）：灌木。杜陵：即杜甫。杜甫自号少陵野老，故名。杜甫诗《涪城县香积寺官阁》有云："小院回廊春寂寂，浴凫飞鹭晚悠悠。"

⑤"怪禽"二句：贾岛《暮过山村》："数里闻寒水，山家少四邻。怪禽啼旷野，落日恐行人。初月未终夕，边烽不过秦。萧条桑柘外，烟火渐相亲。"桑柘（zhè）：桑木与柘木。渐相亲：渐渐感到亲切。

【评析】

此节转述梅尧臣论诗，要点有四：一、诗家率意。诗是诗人自由的精神创造，如陆机《文赋》所言，"精骛八级，心游万仞"，驰骋想象，自由创作。二、意新语工。意新，即道前人所未道，无陈词滥调，不落俗套。语工，首先合辙协韵，对仗工整，符合格律，这是近体诗要守的规则；而梅氏更加强调的是造语精深，词句具有强烈的表现力，如其同朝张表臣《两天钩诗话》所说："诗以意为主，又须篇中炼句，句中炼字，乃得工耳。"贾岛"竹笼拾山果，瓦瓶

担石泉”一联应为“仄仄平平仄，平平仄仄平”，但“笼”为平声，“拾”为仄声（入声），“瓦”为仄声，“担”为平声，皆不合规则。贾岛的这一联诗与姚合的“马随山鹿放，鸡逐野禽栖”都写荒僻萧条景况，但止于一般情景的描绘，而“县古”一联则抓住最具特征的物象，写县之古老以至槐根暴露，官之清寒以至马骨突起，给人深刻、强烈的印象，且“出”、“高”二字也生动、形象，不落俗套，所以比贾、姚诗句更为工。三、景在目前，即写景状物鲜明、生动，栩栩如在眼前。例如严维"柳塘春水漫，花坞夕阳迟"，将春天的景象鲜明地呈现在眼前：柳带参差，池水荡漾；白天变长了，夕阳的余晖照耀花坞，迟迟不肯沉落。四、意见言外。诗不言而言，言外有意，言有尽而意无穷，方为上者。梅氏认为温庭筠"鸡声茅店月，人迹板桥霜"、贾岛"怪禽啼旷野，落日恐行人"虽写眼前之景，却表达了羁旅艰辛、奔波愁苦之情，是为意见言外了。梅尧臣以为诗做到后二者才为极品。

梅尧臣是反对西昆诗风的主将，他主张诗要写实，与实际生活相联系，反对西昆诗人觅章摘句、缺乏真情实感的文字游戏。他强调景在目前，正是要诗形象地写出让人可感的实事、实物、实景；强调意见言外，正是要诗在鲜明的

艺术形象中蕴含丰富的意义，表现真实的情思。他的这些看法非常可贵。欧阳公于此转述，是为赞同。

十四

　　圣俞、子美齐名于一时①，而二家诗体特异。子美笔力豪隽，以超迈横绝为奇；圣俞覃思精微，以深远闲淡为意。各极其长，虽善论者不能优劣也。余尝于《水谷夜行诗》略道其一二，云："子美气尤雄，万窍号一噫，有时肆颠狂，醉墨洒滂霈。譬如千里马，已发不可杀。盈前尽珠玑，一一难拣汰②。梅翁事清切，石齿漱寒濑③。作诗三十年，视我犹后辈。文辞愈精新，心意虽老大。有如妖韶女④，老自有余态。近诗尤古硬，咀嚼苦难嘬。又如食橄榄，真味久愈在。苏豪以气轹⑤，举世徒惊骇。梅穷独我知，古货今难卖。"语虽非工，谓粗得其仿佛，然不能优劣之也。

【注释】

　　①子美：苏舜钦（1008—1048）字子美，祖籍梓州铜山（今四川中江），出生开封。曾任县令、大理评事、集贤殿校理、监进奏院等职。《宋史》说他数次上书，纵论时政。因支持范仲淹革新遭受打击，罢职闲居苏州，后复起湖州长史，不久病故。

②拣汰：即挑选淘汰。拣，选择。汰，同"泰"，过甚。

③濑（lài）：《说文》："濑，水流沙上也。"

④妖韶（sháo）：妖娆美好。

⑤轹（lì）：《说文》："轹，车所践也。"此处意为压倒、强过。

【评析】

苏舜钦、梅尧臣都是反对西昆诗的诗歌革新参与者，二人齐名，并称"梅苏"，但二人诗的风格却迥异。清人赵翼《瓯北诗话》云："宋诗初尚西昆体，后苏子美、梅圣俞辈出，遂各出新意，凌轹一时，而二家又各不同。"刘克庄《后村诗话》曾说："子美歌行，雄放于圣俞，轩昂不羁，如其为人。"

欧阳公认为，苏诗"笔力豪隽"、"超迈横绝"，梅诗"覃思精微"、"深远闲淡"，在其《水谷夜行》诗中精到地评论了二者的不同风格：苏诗气势雄浑，笔墨酣畅，如醉如狂，豪放不羁，如马脱缰，字字珠玑，无可挑拣；梅诗则清切如溪，精新优美，虽平淡却蕴意老到，虽古硬但回味长久；苏诗以豪气取胜，令世人惊骇，而梅诗则知者甚少，传世盖寡。

欧阳公虽然一再强调苏、梅二人诗难分优劣，对梅诗也不无赞美，但其评论中似乎更推崇苏诗。欧阳公与苏、梅皆友善，尤其与梅尧臣交往密切，与他们一起反对西昆诗风，但诗学标准与梅尧臣仍有不同。对于梅尧臣的诗，《苕溪渔隐丛话》引刘贡甫《诗话》说："永叔云：'知圣俞诗者莫如修，尝问圣俞平生所得最好句，圣俞所自负者，皆修所不好，圣俞所卑下者，皆修所称赏。'"梅尧臣自己也曾说，"吾交有永叔，劲正语多要。尝评吾二人，放检不同调。其于文字间，苦硬与恶少"（《偶书寄苏子美》）。

欧、梅诗学的差异，原因大概在于梅重写"实"，而欧阳更重载"道"。在欧阳修看来，梅诗只是"穷而后工"，而未如其所谓"用于朝廷"（《宛陵集》序）。苏舜钦政治上支持改革，纵论时政常令"群小为之侧目"，诗歌内容多揭露黑暗、抨击腐朽、咏唱卫国杀敌等，豪气自然流露笔端。而且他赞扬推崇韩愈、提倡韩柳古文的同朝散文家穆修"任以古道"，这也不能不使欧阳公倾心苏诗。但苏诗与梅诗皆时有造语粗糙、食古生硬的缺憾。

十五

吕文穆公未第时①，薄游一县②，胡大监旦方随其父宰是邑③，遇吕甚薄。客有誉吕曰："吕君工于诗，宜少加礼。"胡问诗之警句，客举一篇，其卒章云："挑尽寒灯梦不成。"④胡笑曰："乃是一渴睡汉耳。"吕闻之，甚恨而去。明年，首中甲科，使人寄声语胡曰⑤："渴睡汉状元及第矣。"胡答曰："待我明年第二人及第，输君一筹。"既而次榜亦中首选。

【注释】

①吕文穆公：吕蒙正（944 或 946—1011）字圣功，洛阳（今属河南）人。公元 977 年状元及第，公元 988 年始三次为相，后因病辞官，逝后谥文穆，赠中书令。

②薄游：指为薄禄而宦游于外，也指简游。此处指吕蒙正未仕前穷困游走求职。

③胡大监旦：胡旦（955—1034），字周父，滨州渤海（今山东惠民）人。公元978年中状元，遂任将作监丞，因称"大监"。将作监，监掌宫室、城郭、桥梁、舟车营缮等的官署。

④"挑尽"句：今《全宋诗》仅存此句。

⑤寄声：传话。语胡：语于胡，告诉胡旦。

【评析】

吕蒙正早年穷顿，以致游走乞讨，遭人轻慢。后中状元，成为名相。《宋史》说他"质厚宽简，有重望，以正道自持"。之前，卢多逊为相时，儿子招为员外郎，此后成为常事，而吕蒙正拜相后，上奏朝廷："臣忝甲科及第，释褐止授九品京官。况天下才能，老于岩穴，不沾寸禄者多矣。今臣男始离襁褓，膺此宠命，恐罹阴谴，乞以臣释褐时官补之。"他说自己中状元后最初才是九品京官，况且天下许多有才能的人终老山野，没享受过半点官禄，现在他的儿子刚成年就接受皇恩特赐的如此任命，恐怕会遭到阴谴，所以请求授以他自己中状元后最初的官职。皇帝准奏，自此之后宰相之子只做九品京官。吕蒙正虽做宰相，不忘"天下才能，老于岩穴"者，可谓不忘本；虽手持重权，却严格律己，实在可贵。

吕蒙正诗现存六首并三残句，风格大体都如"挑尽寒灯梦不成"句，过分浅直。《祭灶诗》谴责世道混乱，表达了怀才不遇的愤慨，但似打油诗："一碗清汤诗一篇，灶君今日上青天；玉皇若问人间事，乱世文章不值钱。"《行

经鸿沟》一首诗味较浓："沟中流水已成尘，沟畔荒凉起暮云。大抵关河须一统，可能天地更平分。烟横绿野山空在，树倚高原日渐曛。方凭征鞍思往事，数声风笛马前闻。"诗中描绘出战乱带来的荒凉景象，表达了江山统一、天地平分的愿望，最后两句将往昔与当下、愿望与现实相联系，征战不断，不禁让人喟叹。

胡旦不能礼遇吕蒙正，似因其贫贱；因诗嘲讽吕蒙正，是恃才。他不输吕蒙正，同样考中状元，但可惜仕途坎坷，后双目失明，晚年潦倒，甚至死无葬埋之费，亦为可悲。

胡旦学识渊博，著述颇丰，有《汉春秋》、《五代史略》、《将帅要略》、《演圣通讼》、《唐乘》、《传家》。但其诗只存残句，今《全宋诗》有收："明年春色里，领取一行归。"

欧阳公赞扬吕、胡二人得中状元的才华，是否同时也说明一个做人的道理？

十六

圣俞尝云："诗句义理虽通，语涉浅俗而可笑者，亦其病也。如有《赠渔父》一联云：'眼前不见市朝事，耳畔惟闻风水声。'①说者云：'患肝肾风。'又有《咏诗者》云②：'尽日觅不得，有时还自来。'本谓诗之好句难得耳，而说者云：'此是人家失却猫儿诗。'人皆以为笑也。"

【注释】

①"眼前"二句：明冯梦龙《古今谭概》："释贯休有《咏渔父》云：'眼前不见市朝事，耳畔唯闻风水声。'梅圣俞曰：'此患肝肾风也。'"但今《全唐诗》贯休无此句。

②《咏诗者》：晚唐僧人贯休（832—912）《诗》："经天纬地物，动必计仙才。几处觅不得，有时还自来。真风含素发，秋色入灵台。吟向霜蟾下，终须神鬼哀。"（《全唐诗》）素发：白发。灵台：指心。

【评析】

此节也是转述梅尧臣论诗，强调诗的语言不可浅俗。诗是最高的语言艺术，语言可以平易自然，但须精练优美，富有意蕴，令人回味。如若肤浅卑俗，无味可寻，则同白水石蜡了。

"眼前不见市朝事，耳畔唯闻风水声"虽然真实写出渔者远离闹市、风水为伴的生活状况，但确实浅显直白。《古今谭概》以为此二句出自贯休《咏渔父》。贯休是唐末僧人，能诗善书，更擅绘画，所画罗汉尤其著名，在绘画史上有很高声誉。今《全唐诗》录贯休诗十二卷，多处写到渔夫，以渔者为题的有三：《渔父》、《渔家》、《渔者》，风格都与"眼前"句不尽相同。如《渔者》："风恶波狂身似闲，满头霜雪背青山。相逢略问家何在，回指芦花满舍间。"其词虽然平易，但精练自然，形象鲜活，境界开阔，渔父豪迈爽朗的精神气度跃然眼前。后来南宋刘过《又借韵小行》有"眼前不见市朝事，始笑从前利禄谋"句，不知本自何处。

贯休《诗》将诗视为经天纬地之物，因而需要有"仙才"方可作

得。诗中写出诗人呕心沥血、令神为哀的作诗过程。"几处觅不得，有时还自来"一句，语虽浅白，却道出作诗的境界。作诗不能只凭苦思冥想，而需要灵感。静思是创作的准备，是为了激发灵感，寻找灵感，等待灵感。灵感来时，豁然开朗，诗如自出，所谓妙手偶得。

十七

王建《宫词》一百首①，多言唐宫禁中事，皆史传小说所不载者，往往见于其诗，如"内中数日无呼唤，传得滕王《蛱蝶图》"②。滕王元婴，高祖子，新、旧《唐书》皆不著其所能，惟《名画录》略言其善画③，亦不云其工蛱蝶也。又《画断》云④："工于蛱蝶。"及见于建诗尔。或闻今人家亦有得其图者。唐世一艺之善，如公孙大娘舞剑器⑤，曹刚弹琵琶⑥，米嘉荣歌⑦，皆见于唐贤诗句，遂知名于后世。当时山林田亩，潜德隐行君子，不闻于世者多矣，而贱工末艺得所附托，乃垂于不朽，盖其各有幸不幸也。

【注释】

①王建（约767—约830）：字仲初，颍川（今河南许昌）人，唐代诗人。门第低微，从军十三年，白发初为吏，任县丞、司马之类，世称"王司马"。以《宫词》知名，有《王建诗集》。

②"内中"二句：王建《宫词》之一："避暑昭阳不掷卢，井边含水喷鸦雏。内中数日无呼唤，拓得滕王《蛱蝶图》。"滕王，即唐高祖李渊第二十二子元婴（630？—689？），贞观十三年（639）封为滕王，江西南昌滕王阁即为其任洪州都督时所创建。传元婴首创蝶画，后称"滕派蝶画"。

③"惟《名画录》"句：唐朱景玄有《唐朝名画录》，记李元婴"善画"。唐张彦远《历代名画记》记李元婴"亦善画"。

④《画断》：唐代张怀瓘（guàn）所著。

⑤公孙大娘：唐开元时宫中舞人，善舞剑器，杜甫有诗《观公孙大娘弟子舞剑器行》："昔有佳人公孙氏，一舞剑器动四方。观者如山色沮丧，天地为之

久低昂。霍如羿射九日落，矫如群帝骖龙翔。来如雷霆收震怒，罢如江海凝清光。绛唇珠袖两寂寞，晚有弟子传芬芳。……"骖（cān）：乘，驾驭。

⑥曹刚：原为西域昭武曹国人，祖父曹保保、父亲曹善才皆擅弹琵琶。曹刚琵琶，唐诗人多有咏颂。薛逢诗《听曹刚弹琵琶》："禁曲新翻下玉都，四弦拣触五音殊。不知天上弹多少，金凤衔花尾半无。"再如白居易《听曹刚琵琶兼示重莲》："拨拨弦弦意不同，胡啼番语两玲珑。谁能截得曹刚手，插向重莲衣袖中？"

⑦米嘉荣：唐代著名歌唱家，西域米国人。唐诗人刘禹锡有《与歌者米嘉荣》："唱得《凉州》意外声，旧人唯数米嘉荣。近来时世轻先辈，好染髭须事后生。"另有《米嘉荣》一首。

【评析】

宫词是古代一种内容特殊的诗歌，专写宫中琐事，特别是宫中后妃、宫女们争宠失宠、寂寥凄凉的生活；作者多为男子，且很难接近后宫，但凭传言和想象写尽宫中佳丽的喜乐辛酸。

王建写宫词百首，广为传诵，后人多有效仿。他生活在民间，关于宫中事，应多得自其宦籍宗亲王枢密。他的《赠王枢密》写道："三朝行坐镇相随，今上春宫见小时。脱下御衣先赐着，进来龙马每教骑。长承密旨归家少，独奏边机出殿迟。自是姓同亲向说，九重争得外人知。"王枢密三朝伴随皇帝，进出后宫，深得亲信，甚至如诗中所说皇帝赐其穿御衣、骑龙马。王枢密常将宫中事讲给王建，这便给王建提供了素材。

宫词"避暑昭阳"一首，写宫中女子们百无聊赖、寻乐子解闷。掷卢是古时的一种赌博游戏，用五枚上黑下白的骰子，掷作全黑为卢。她们没玩这种游戏，数日无事可做之时或是在井边含水喷溅小乌鸦，或是拓（tà）印蛱蝶图。

蝶画常以佛赤（真金粉）、泥银（真银粉）及檀香、沉香、芸香、降香等为原料，技法极为细致，蝴蝶的须、眼、足、翅纹理毕现，蝴蝶动、静、飞、舞形态各异，逼真传神。但蝶画是否为李元婴所创，仍有异议。如欧阳公所言，新、旧《唐书》都没记载李元婴能画，《名画录》也只说他善画而未说他善画蝶，只有《画断》和王建这首诗说到他画蝶。今人朱铸禹所编《唐宋画家人名辞典》说，今本《唐朝名画录》称《蛱蝶图》属嗣滕王李湛然（高祖五世孙）所作。

不过欧阳公并非考证蝶画为谁所创，而是感慨其因诗知名于后世。这里涉及艺术传播和流传的问题。在古代，诗相对于史传、相对于其他艺术形式更具传播和流传优势。诗简短、便捷，不仅可以文字形式复制，而且可以口传，文字复制也不需大量纸张。音乐等表演艺术在古代条件下则不可复制，绘画也是唯一性艺术，传播和流传都不比诗。至于史传，则不像作诗那样普遍、自由，而作者著述受信息限制，且内容有所选择。这样，诗在自身传播和流传中也成了传播和承载某些其他信息的轻便媒介。

欧阳公称一些乐、舞、绘画等为"贱工末艺"，显然时代局限；至于"潜德隐行君子"，既是"潜隐"，自然难得"知名"，更况垂名千古。

十八

李白《戏杜甫》云①："借问别来太瘦生，总为从前作诗

苦。”“太瘦生”，唐人语也，至今犹以“生”为语助，如“作麽生”、“何似生”之类是也[②]。陶尚书穀尝曰[③]：“尖檐帽子卑凡厮，短靿靴儿末厥兵。”“末厥”，亦当时语。余天圣景祐间已闻此句，时去陶公尚未远，人皆莫晓其义。王原叔博学多闻[④]，见称于世，最为多识前言者，亦云不知为何说也。第记之[⑤]，必有知者耳。

【注释】

①《戏杜甫》：即《戏赠杜甫》：“饭颗山头逢杜甫，顶戴笠子日卓午。借问别来太瘦生，总为从前作诗苦。”

②作麽生：怎么样，做什么。何似生：如何，似什么。

③陶尚书穀（gǔ）：陶穀（903—970）字秀实。本姓唐，避后晋高祖石敬瑭讳而改姓陶。后晋时始做官，宋时官至刑部、户部二尚书，卒后赠尚书右仆射。善隶书，著有《清异录》等。

④王原叔：王洙（zhū，997—1057）字原叔，应天宋城（今河南商丘）人。博览强记，方技、术数、阴阳、五行、音韵、训诂、书法无所不通，曾任翰林学士。

⑤第：仅，只是。

【评析】

李白、杜甫分别被誉为诗仙、诗圣，这“仙”、“圣”二字着实道出二人的人格、诗风。李白《戏杜甫》嘲笑杜甫的苦吟：在饭颗山遇到杜甫，杜甫在

正午的太阳下头戴斗笠，于是问：分别以来你好瘦啊，是总为作诗辛苦的吧？唐人孟启《本事诗·高逸》说李白"才逸气高"，曾言"兴寄深微，五言不如四言，七言又其靡也，况使束于声调俳优哉"，《戏赠杜甫》诗"盖讥其拘束也"。李白洒脱超然，作诗随兴而发，认为近体五言诗不如古四言寄托兴致深刻精微，而七言更逊一筹，且声调受艺人歌唱的束缚。而杜甫作诗力求工整，所以被李白讥讽。此首短诗可见出李白作诗为人的风格。

杜甫一首《赠李白》也有认为是讥讽李白的："秋来相顾尚飘蓬，未就丹砂愧葛洪。痛饮狂歌空度日，飞扬跋扈为谁雄。"此诗作于李白被玄宗辞逐朝廷后二诗人相识同游尔后分别之时，诗中说到处漂泊、学道不成、不该痛饮狂歌空费时光，这似是共勉，但"狂歌"、"飞扬跋扈"又像李白性情，而与杜甫不符。清人杨伦《杜诗镜铨》即援引蒋弱六的话，说此诗"是白一生小像"。

　　杜甫真诚、敦厚，对李白友情笃甚，赠李白诗远多于李白赠他的诗。尤其《与李十二白同寻范十隐居》一首，表达了杜甫对李白的赞赏和厚谊深情："李侯有佳句，往往似阴铿。余亦东蒙客，怜君如弟兄。醉眠秋共被，携手日同行……"《陈书》载：阴铿，字子坚，"五岁能诵诗赋，日千言。及长，博涉史传，尤善五言诗"。杜甫以阴铿比李白，称自己也是漂泊不定的处士，喜爱李白如像兄弟，等等，可见杜甫的"圣"者为人。

　　李白《戏赠杜甫》一出，"饭颗山"竟成诗作刻板平庸或诗人守矩苦吟的代名词，如黄庭坚《次韵吉老十小诗》之十："学似斫轮扁，诗如饭颗山。"元好问《论诗》之十五："笔底银河落九天，何曾憔悴饭山前。"等等。

　　关于"末厥"（mò jué），宋刘攽《中山诗话》云："今人呼秃尾狗为厥尾，衣之短后者亦曰厥。故欧公记陶尚书诗语'末厥兵'，则此兵正谓末贼尔。"意即下贱龌龊。一说为倔强凶悍。元代李治《敬斋古今黈（tǒu）》卷七："大抵末厥者，犹今俚语俗言木厥云耳。木厥者，木强刁厥之谓。"木强，指性格刚直倔强；刁厥，谓人猛悍、凶狠。民国初魏元旷《蕉庵诗话》认为："与'卑凡'相例可知。"就是说，其意与"卑凡"同，指人卑劣、卑贱。这都是方言口语入诗惹得麻烦！

十九

　　诗人贪求好句，而理有不通，亦语病也。如"袖中谏草朝天去，头上宫花侍宴归"①，诚为佳句矣，但进谏必以章疏，无直用稿草之理。唐人有云："姑苏台下寒山寺，半夜钟声到客船。"②说者亦云，句则佳矣，其如三更不是打钟时！如贾岛《哭僧》云③："写留行道影，焚却坐禅身。"时谓烧杀活和尚，此尤可笑也。若"步随青山影，坐学白塔骨"④，又"独行潭底影，数息树边身"⑤，皆岛诗，何精粗顿异也？

【注释】

①"袖中"二句：《诗话总龟》引《雅言系述》曰："王操字正美，江左人。太平兴国上《南郊赋》，授太子洗马。……李相国昉，自延安入觐，见诗爱之，后《赠相国》云：'袖中谏草朝天去，头上宫花侍宴归。'"今《全宋诗》载王操《上李相公》："弱冠登龙入粉闱，少年清贵古来稀。袖中诏草朝天去，头上宫花侍宴归。卓笔玉堂寒漏迥，捲帘池馆水禽飞。三台位近犹多逊，闲听秋霖忆翠微。"登龙：即登龙门，指进士登科。粉闱：试进士的考场。卓笔：执笔著文。

②"姑苏"二句：张继《枫桥夜泊》："月落乌啼霜满天，江枫渔火对愁眠。姑苏城外寒山寺，夜半钟声到客船。"枫桥：在今苏州阊（chāng）门外，最初叫"封桥"。姑苏：苏州的别称。寒山寺在枫桥附近，始建于南朝梁代，相传因唐朝僧人寒山曾住此寺内而得名。

③《哭僧》：即《哭柏岩和尚》："苔覆石床新，师曾占几春。写留行道影，焚却坐禅身。塔院关松雪，经房锁隙尘。自嫌双泪下，不是解空人。"

　　④"步随"二句：贾岛《赠智朗禅师》："上人分明见，玉兔潭底没。上人光惨貌，古来恨峭发。涕辞孔颜庙，笑访禅寂室。步随青山影，坐学白塔骨。解听无弄琴，不礼有身佛。欲问师何之，忽与我相别。率赋赠远言，言惭非子曰。"上人：指持戒严格、精于佛学的僧人，也用作对资深僧人的尊称。

　　⑤"独行"二句：贾岛《送无可上人》："圭峰霁色新，送此草堂人。麈尾同离寺，蛩鸣暂别亲。独行潭底影，数息树边身。终有烟霞约，天台作近邻。"蛩（qióng）：蟋蟀。

【评析】

　　《尚书·尧典》记舜之语："诗言志，歌永言，声依永，律和声。"意思

是：诗是表达思想或情致的，歌是歌唱诗的言语的，歌的声音依从歌唱，音律与歌声相和谐。诗原本是用来歌唱的，因而这句话概括了古诗写作的基本规范：诗既要言志，又要协律。自从沈约等发现四声八病等语音规律，近体诗对格律的要求更加严格。诗人为了词句合乎规则，有时甚至伤害意义。

欧阳修主张诗要意理通畅，反对因词害意。如他推崇的韩愈一样，为了"言志"，他甚至以散文入诗。《石林诗话》就说他"律诗意所到处，虽语有不伦，亦不复问"。

王操"袖中"一联，说李昉袖中带着进谏的手稿去朝见天子，陪君王宴饮后头戴宫花而归，乃是颂扬李相权重宠荣、尽职尽责。但欧阳公指出，臣子进谏必须呈以抄写好的疏章，说直接用手稿是不真实的。

张继《枫桥夜泊》写诗人霜天夜泊的情景。欧阳公认为半夜里寺庙不会敲钟，所以"半夜钟声到客船"失真。但宋陈岩肖《庚溪诗话》辩曰："然余昔官姑苏，每三鼓尽四鼓初，即诸寺钟皆鸣，想自唐时已然也。后观于鹄诗云：'定知别后家中伴，遥听维山半夜钟。'白乐天云：'新秋松影下，半夜钟声后。'温庭筠云：'悠然旅榜频回首，无复松窗半夜钟。'则前人言之，不独张继也。"

明代胡应麟《诗薮》则说："张继'夜半钟声到客船'，谈者纷纷，皆为昔人愚弄。诗流借景立言，唯在声律之调，兴象之合，区区事实，彼岂暇计？无论夜半是非，即钟声闻否，未可知也。"此话也有道理，诗在表情达意，表现内心感受或情思；即使三更不鸣钟，诗人江上漂泊，愁眠夜永，闻钟声觉夜深，于情于景也还真实，且愈加渲染了"愁眠"。

贾岛《哭僧》，今河北唐县柏岩寺存后唐碑刻，题为《哭柏岩禅师》，其中"师曾"二字为"吾师"，"经房"为"僧堂"，"自嫌"为"自惭"。贾岛早年出家柏岩寺，学于柏岩明哲禅师，禅师圆寂后贾岛作此诗。人去院空，诗人睹物思人，自惭不能参透佛理。"写留行道影，焚却坐禅身"二句本来说禅师抄抄写写留下修道的影迹，虔敬焚香直到圆寂，但"焚却"句却会被误解为焚掉正在坐禅的柏岩禅师，欧阳公认为这是语病。

《赠智朗禅师》、《送无可上人》都是贾岛赠别僧人的诗。"步随"一联写智朗步履沉稳，如山移影；坐姿挺拔稳健，像白塔骨架矗立。这首诗虽是古体，但此联举对极工。"独行"一联追忆无可独自从潭边走过，身影倒映潭底，常常在树旁歇息身体，写出上人的清淡孤高。这首诗为五律，对仗工整。"步随"、"独行"二联都形象生动，鲜明如画，生气活现，所以欧阳公称其精。

二十

松江新作长桥①，制度宏丽，前世所未有。苏子美《新桥对月》诗所谓"云头滟滟开金饼，水面沉沉卧彩虹"者是也②。时谓此桥非此句雄伟不能称也。子美兄舜元③，字才翁，诗亦遒劲多佳句，而世独罕传。其与子美紫阁寺联句④，无愧韩、孟也⑤，恨不得尽见之耳。

【注释】

①松江：即江苏吴江。宋仁宗庆历年间建长桥，上设垂虹亭。

②《新桥对月》：即《中秋松江新桥对月和柳令之作》："月晃长江上下同，画桥横绝冷光中。云头滟滟开金饼，水面沉沉卧彩虹。佛氏解为银色界，仙家多住玉华宫。地雄景胜言不尽，但欲追随乘晓风。"

③舜元：苏舜元（1006—1054），与祖父苏易简、弟苏舜钦并称为"铜山三苏"，官至尚书度支员外郎、三司度支判官。尤善草书，有诗集一卷。

④紫阁寺：得名于紫阁山紫阁峰，或名"宝林寺"。紫阁峰为终南名山，在陕西户县境内。《丙子仲冬紫阁寺联句》为："白石太古水，苍崖六月冰。昏明咫尺变，身世逗留增。桥与飞霞乱，人间独鸟升。风泉冷相搏，楼阁暮逾澄。反覆青冥上，跻攀赤日棱。呗音充别墅，塔影吊寒藤。仙掌挂太一，佛坛依古层。岩喧闻斗虎，台静下饥鹰。晴槛通年雨，浓萝四面罾。日光平午见，雾气半天蒸。潭碧寒疑裂，钟清远自凝。阳陂冬聚筍，阴壁夏垂缯。有客饶佳思，高吟出远凭。雄心翻表里，远目着轩腾。岑寂来清夜，沉冥接定僧。宿猿深更杳，落木静相仍。松竹高无奈，烟岚翠不胜。甘酸收脱实，坳隩布清塍。北野才沉着，南天更勃兴。恣睢超一气，黯默起孤鹏。并涧寒堪摘，看云重欲崩。行中向背失，呼处下高应。庭树巢金爵，樵儿弄玉绳。断香浮缺月，古

像守昏灯。乳管明相照，莎髯绿自矜。深疑啸神物，蔽欲敌骰陵。俯仰孤心挠，回翔百感登。书画风动壁，诗句涕沾膺。岁月看流矢，心肠剧断缯。追攀初有象，悲愤遂相乘。故赏知无逭，遗灵若此凭。依然忍回首，愁绝下崚嶒。"太古：远古。逾（yú）：更加。跻（jī）攀：攀登。呗音：佛家所唱赞偈（jì）的声音。膺：同"鹰"。罾（zēng）：古代一种用木棍或竹竿做支架的方形鱼网，此处指像罾一样。陂：同"坡"。缯（zēng）：古代对丝织品的总称。此处形容草木垂挂如缯。轩腾：飞腾。相仍：相继。坳隩（ào yù）：低洼处。清塍（chéng）：水清亮的稻田畦。恣睢（zì suī）：自由放纵。黮黭（yǎn dǎn）：乌黑。

乳管：管状石钟乳。莎髯：莎草须一样的枝叶。攲（qī）：倾斜貌。敨（xiáo）陵：即崤山。敨，同"崤"。缅（gēng）：绳索。相乘：乘虚侵袭。崚嶒（léng céng）：指高峻的山。

⑤韩、孟：韩愈、孟郊。唐人有"孟诗韩笔"之称，指一诗一文。至梅尧臣始以韩孟诗并称，其《读蟠桃诗寄子美永叔》："韩孟于文词，两雄力相当。偶以怪自戏，作诗惊有唐。"

【评析】

吴江桥初建时为木桥，名"利往桥"，俗称"长桥"。史料记载，当时长桥三起三伏，环如半月，长若垂虹。苏舜钦《新桥对月》诗写月亮与其倒映上下同辉，共耀江面，长桥横跨月光之中；天际波光浮动处，云间涌出明月，沉沉水面横卧彩虹般的长桥；佛家说这是银色界，仙家将它看作玉华宫。佛家相传，峨嵋山茫茫云海是普贤菩萨的道场"银色世界"。《太平寰宇记》载："玉华宫在县西四十里，贞观十七年于宜君县凤凰谷置。"此宫在玉华山（今黄陵境内），山中多居道士。全诗以雄胜言不尽、想要观赏到天晓来收尾，留给读者想象的空间，并激发一览美景的欲望。

宋人胡仔《苕溪渔隐丛话》说，《吴江长桥诗》为世人称道的有三联，除苏舜钦一联外还有"杨次公云：'八十丈虹晴卧影，一千顷碧玉无瑕。'郑毅夫云：'插天蟛蛛玉腰阔，跨海鲸鲵金背高。'永叔谓子美此句雄伟。余谓次公、毅夫两联粗豪，较以子美之句，二公殊少蕴藉也。"杨杰字次公，江苏无为人，自号"无为子"，好佛禅，文章多指引极乐净土。郑獬（xiè）字毅夫，湖北安陆人，句中"蟛蛛"（dì dōng）即虹的别称，常借指桥。郑獬有诗《郧溪集》。苕溪渔隐认为，杨、郑新桥诗句粗犷豪放，但不如苏句蕴藉。

苏舜元的诗现存甚少，多为联句。《苕溪渔隐丛话》载黄庭坚的话，也称二苏文章豪健痛快，"潘、陆不足吞也"。潘即潘岳（247—300），西晋文学家，"总角辩惠，藻清艳"，被称"奇童"；陆即陆机（261—303），《晋书》说他"少有奇才，文章冠世"。

二苏联句洋洋三十二韵，由景写到人，再转而写景，最后又回到人，虽出二人胸臆，却词衔意畅，一气呵成；山水台阁，田野草木，鸟兽云霞，无不栩栩生动；景象宏阔，情怀跌宕，情景交融，宛转回荡，确实豪健雄浑，不愧欧阳公等称赞。

二十一

晏元献公文章擅天下①，尤善为诗，而多称引后进②，一时名士往往出其门。圣俞平生所作诗多矣，然公独爱其两联，云："寒鱼犹着底，白鹭已飞前。"③又："絮暖鲥鱼繁，露添莼菜紫。"④余尝于圣俞家见公自书手简，再三称赏此二联。余疑而问之，圣俞曰："此非我之极致，岂公偶自得意于其间乎？"乃知自古文士不独知己难得，而知人亦难也。

【注释】

①晏元献公：晏殊（991—1055）字同叔，抚州（今江西抚州）人。十四岁殿试，赐同进士出身，官至宰相，谥元献，著名词人、诗人、散文家。

②称引：推举引荐。称，举。引，荐。

③"寒鱼"二句：《和仲文西湖野步至新堰》二首之一："决决堰根水，层层湖上田。寒鱼犹着底，白鹭已发前。"

④"絮暖"二句：出自《送王判官之江阴军幕》。今《全宋诗》为："往时初渡江，颇爱江南美。谁知坐卧间，思及烟波里。絮逐鲞鱼繁，豉添莼线紫。君行语风物，到日应相似。"

【评析】

晏殊今人多称道其词，但欧阳公说他"尤善为诗"。宋朝诗人宋

祁《宋景文笔记》也说："晏相国今世
之工为诗者也。末年见编集者乃过万
篇，唐人已来所未有。"可见，晏殊不
仅工于诗，而且作品丰饶。可惜今《全
宋诗》仅存其诗一百五十九首及零星
残句。欧阳公说，"一时名士往往出其
门"，欧阳公本人即出其门下。

　　刘攽《中山诗话》说："祥符、天
禧中，杨大年、钱文僖、晏元献、刘子
仪以文章立朝，为诗皆宗尚李义山，号
'西昆体'。"将晏殊归为"西昆"一派，
大概因晏诗也多写台阁生活，多酬唱之
作。《宋景文笔记》就说他"凡门下客
及官属解声韵者，悉与酬唱"。但是，
杨亿等《西昆酬唱集》编成于大中祥符
元年（1008）秋天，晏殊年刚十七。虽
西昆风兴一时，晏殊早年或受影响，但
与杨、钱、刘并举恐为不妥。

　　关于晏殊诗风，《宋史》云："闲雅
有情思。"宋人吴处厚《青箱杂记》说：
"晏元献公虽起田里，而文章富贵，出

于天然。"大抵正是这种"闲雅有情思"、"出于天然",成为晏殊批评拣汰的美学标准。《青箱杂记》说他"集梁《文选》以后迄于唐别为集,选五卷,而诗之选尤精,凡格调猥俗而脂腻者皆不载也"。梅尧臣"寒鱼"、"絮暖"二联,闲淡雅致,自然流畅,所以深得晏殊喜爱,赞赏再三。而梅氏为诗,多过分写实,缺少超然的情致,平淡而不闲雅,所以多不得晏殊青睐。

晏、梅诗趣不同,褒贬自然有异,其实不在欧阳公所谓文士知人难之故。

二十二

杨大年与钱、刘数公唱和,自《西昆集》出,时人争效之,诗体一变。而先生老辈患其多用故事,至于语僻难晓,殊不知自是学者之弊。如子仪《新蝉》云[①]:"风来玉宇乌先转,露下金茎鹤未知。"虽用故事,何害为佳句也。又如:"峭帆横渡官桥柳,叠鼓惊飞海岸鸥。"[②]其不用故事,又岂不佳乎?盖其雄文博学,笔力有余,故无施而不可,非如前世号诗人者,区区于风云草木之类,为许洞所困者也。

【注释】

①《新蝉》:即《馆中新蝉》:"庭中嘉树发华滋,可要螗螂共此时。翼薄乍舒宫女鬓,蜕轻全解羽人尸。风来玉宇乌先转,露下金茎鹤未知。日永声长兼夜思,肯容潘岳到秋悲。"

②“峭帆”二句：此联现最早可查于欧阳公此处，今本《全宋诗》卷一二二录为杨亿句，其中“惊”字作“警”字。峭帆，耸立的船帆。叠鼓，指击鼓声。

【评析】

这一节，欧阳修提出了诗人的学识修养问题。诗人文化修养深厚，才能写出好的诗作。杨亿、钱惟演、刘筠等虽然由于学者之弊，其诗语出冷僻难懂，但由于他们学识渊博，文学功底雄厚，所以笔力强健，挥洒有余，不论诗中用不用典事都能写出佳句。而九僧诗人等，其诗只限于风云草木之类，显出内修浅陋，功力不足，因而被许洞难倒。

刘筠《馆中新蝉》一首，句句用典。首句套用汉乐府古诗“庭中有奇树，绿叶发华滋”二句；“嘉树”则出自《左传》“既享宴于季氏，有嘉树焉”。第二句，典出《吴越春秋》：蝉登高树，自以为安，却不知螳螂“超枝缘条，曳腰耸距而稷其形”。稷，同“敠”（cè），敏捷，急速。第三句，典出晋崔豹《古今注》：魏文帝宫人琼树制蝉鬓，缥缈如蝉翼。第四句，《楚辞·远游》：“仍羽人于丹丘兮，留不死之旧乡。”又《抱朴子·论仙》：“下士先死后蜕，谓之尸解仙。”第五句，南朝诗人刘铄《拟〈明月何皎皎〉》：“玉宇来清风，罗帐延秋月。”又《西京杂记》：“长安灵台相风铜乌，有千里风则动。”相风铜乌，测风向的铜制鸟形仪。第六句，班固《西都赋》：“抗仙掌以承露，擢双立之金茎。”李善注：“金茎，铜柱也。”又晋周处《风土记》：“鹤性警，至八月白露降，流于草叶上，滴滴有声，因即高鸣相警，移徙所宿处。”第七句，晋郭璞诗：“闲宇静无娱，端坐愁日永。”又南朝孔稚珪《白马篇》二：“山虚弓响

彻，地迥角声长。"又晋潘岳《杨氏七哀诗》："昼愁奄逮昏，夜思忽终昔。"
奄，忽然；逮，到。末句，潘岳《秋兴赋》："善乎宋玉之言曰：'悲哉秋之为
气也。'"全篇由写馆中蝉而写宫中女，蝉人合一，悲愁宛转。其中"风来"
两句对仗工整，传达出宫中女子空虚无聊、麻木度日的惆怅。

"峭帆"两句未用典事，语句流畅自然，画面鲜明生动，"横渡"、"惊飞"
二词尤为突出。

欧阳修虽力矫西昆风气，但不怀偏见，可见大家风范。

二十三

西洛故都，荒台废沼，遗迹依然，见于诗者多矣。惟钱
文僖公一联最为警绝①，云："日上故陵烟漠漠，春归空苑水
潺潺。"裴晋公绿野堂在午桥南②，往时尝属张仆射齐贤家③，
仆射罢相归洛，日与宾客吟宴于其间，惟郑工部文宝一联最
为警绝④，云："水暖凫鹥行哺子，溪深桃李卧开花。"人谓
不减王维、杜甫也。钱诗好句尤多，而郑句不惟当时人莫及⑤，
虽其集中自及此者亦少。

【注释】

①钱文僖公：即钱惟演（977—1034），字希圣，钱塘（今浙江杭州）人。
景德中入直秘阁，修《册府元龟》，并与杨亿等酬唱，官至枢密使，初谥思，

仁宗庆历年间改谥文僖。

②裴晋公绿野堂：裴度（765—839）字中立，河东闻喜（今山西闻喜）人。唐朝名相，封晋国公。《裴氏世谱》："裴晋公午桥庄、绿野堂俱在东都，湖园则在故里。"东都、西洛皆指洛阳。

③张仆射齐贤：张齐贤（942—1014）字师亮，曹州冤句（今山东菏泽）人。徙居洛阳，宋代著名政治家。曾任兵部尚书、吏部尚书等，前后为相二十一年。仆射，尚书省长官。

④郑工部文宝：郑文宝（953—1013）字仲贤，一字伯玉，汀洲宁化（今属福建）人。咸平年间曾以工部员外郎兼随军转运使之职平定银州（今陕西榆林南）李继迁（963—1004）叛乱。

⑤不惟：不但，不仅。

【评析】

钱惟演"日上"一联以日上烟漠漠直写故陵的荒凉，再以春归水潺潺反衬空苑的寂寥，在写景中寄吊古幽情，发感慨叹息，情景交融，易而不俗，且对仗工整。

宋人蔡启《蔡宽夫诗话》说："大抵仲贤情致深婉，比当时辈流，能不专使事，而尤长于绝句。"郑文宝在"西昆"风气盛行之时，不同流俗，以深婉流畅的短小绝句见长。其"水暖"一联，也写春日景象。春来了，溪水变暖，凫鹥（fú yī）开始捕食喂子；溪水深深，岸边桃李繁花竞放。"行"，行走；"卧"，横呈；二字各写姿态，鲜明如画：凫鹥边走边哺子，桃李花枝横呈溪水之上。两句语虽平淡，却清新流畅，境界全出，语对也很工整。

唐代诗人王维极善写景，体味细腻，落笔如丹青。苏轼就曾说过："味摩诘之诗，诗中有画。"（《书摩诘蓝田烟雨图》）至于杜甫诗，如《石林诗话》所言："缘情体物，自有天然工妙，虽巧而不见刻削之痕。"人们将钱、郑"日上"、"水暖"句与王、杜诗相比，可见对郑、钱此二联赞美之甚。欧阳公也以为此二联是警句绝唱。

二十四

　　闽人有谢伯初者①，字景山，当天圣、景祐之间②，以诗

知名。余谪夷陵时③，景山方为许州法曹，以长韵见寄，颇
多佳句，有云："长官衫色江波绿，学士文华蜀锦张。"余
答云④："参军春思乱如云，白发题诗愁送春。"盖景山诗
有"多情未老已白发，野思到春如乱云"之句，故余以此戏
之也。景山诗颇多，如"自种黄花添野景，旋移高竹听秋
声"⑤，"园林换叶梅初熟，池馆无人燕学飞"之类，皆无愧
于唐诸贤。而仕宦不偶⑥，终以困穷而卒。其诗今已不见于
世，其家亦流落不知所在。其寄余诗逮今三十五年矣⑦，余
犹能诵之。盖其人不幸既可哀，其诗沦弃亦可惜，因录于
此。诗曰："江流无险似瞿塘，满峡猿声断旅肠。万里可堪
人谪宦，经年应合鬓成霜。长官衫色江波绿，学士文华蜀锦
张。异域化为儒雅俗，远民争识校雠郎。才如梦得多为累，
情似安仁久悼亡。下国难留金马客，新诗传与竹枝娘。典辞
悬待修青史，谏草当来集皂囊。莫谓明时暂迁谪，便将缨足
濯沧浪。"

【注释】

①谢伯初：泉州晋江（今属福建）人。仁宗天圣二年（1024）登进士甲科，
遂任许州（今河南许昌）法曹。

②天圣、景祐：天圣（1024—1032）、景祐（1034—1038）皆宋仁宗年号。

③夷陵：在今湖北宜昌。

④余答云：欧阳修写了《春日西湖寄谢法曹歌》作答："西湖春色归，春水绿于染。群芳烂不收，东风落如糁。参军春思乱如云，白发题诗愁送春；遥知湖上一樽酒，能忆天涯万里人。万里思春尚有情，忽逢春至客心惊；雪消门外千山绿，花发江边二月晴。少年把酒逢春色，今日逢春头已白。异乡物态与人殊，惟有东风旧相识。"

⑤"自种"二句：《许昌公宇书怀呈欧阳永叔韩子华王介甫》："十年趋竞浪求荣，因得闲曹减宦情。乱种黄花看野景，旋移高竹听秋声。驱驰贱事犹干禄，约勒清狂为近名。早晚持竿钓鲈鳜，双溪烟雨一舟横。"

⑥不偶：即不遇。此处言仕途不顺遂。偶，遇。

⑦逮今：至今。

【评析】

天圣七年（1029），欧阳修于京师汴梁（今河南开封）初识进士谢伯初；景祐三年（1036），欧阳修因支持范仲淹改革，被贬为夷陵县令，次年在许州任法曹的谢伯初寄赠欧阳修一方古瓦砚，并附欧阳公所言长诗。

谢伯初诗写欧阳修穿越长江险峡、被贬万里之远的艰辛，赞扬他文如锦绣、深受欢迎。欧阳修被贬前任馆阁校勘，所以有"争识校雠郎"之句；校雠（chóu），即校勘。诗中又将他与刘禹锡、潘岳的才情相比。刘禹锡字梦得，唐朝文学家、思想家，因支持政治革新而屡遭贬谪。潘岳即潘安，字安仁，西晋著名文学家。《晋书》有"潘才如江"之说，其《悼亡诗》开悼亡题材文学先河。谢诗又鼓励欧阳修：僻远之地留不住翰林学士之才，你的新诗会让歌女到处传唱，你的典雅言辞待为修撰青史，你的进谏草稿会装满皂

囊——汉代群臣上奏涉秘奏章以皂囊封之。后欧阳修真的被任翰林学士。诗的最后劝慰欧阳修：你只是清明时代暂遭贬迁，只当以沧浪之水濯缨足吧！《楚辞》中《渔父》记云："渔父莞尔而笑，鼓枻而去，乃歌曰：'沧浪之水清兮，可以濯吾缨。沧浪之水浊兮，可以濯吾足。'"意即"遇治则仕，遇乱则隐"。

谢伯初有诗句"多情未老已白发，野思到春如乱云"，欧阳公《春日西湖寄谢法曹歌》紧扣谢氏此联诗中"春"、"思"、"白发"生发开来，自然流畅，委曲宛转。初识之时，少年春色，如今同落天涯，再逢春时头已白发。诗中写出谢氏的深情厚意，表达了对其能忆万里人的感激之情。

欧阳公所举谢氏"自种"句今本"自"作"乱"；"园林"一联则已成残句。此二联用字精练、自然，境界鲜明、生动，欧阳公称其"无愧于唐诸贤"，毫不为过。但魏泰《临汉隐居诗话》以为谢诗"句意凡近"，"园林"一句不如隋王胄的"庭草无人随意绿"，"池馆"一句不如隋薛道衡的"空梁落燕泥"。其实，"园林"句写特定时节的景色，而"庭草"句则强调"无人"景象；"池馆"句与"空梁"句都写荒废境况，而"池馆"比"空梁"处所更广大。虽王、薛诗句较含蓄，但诗因眼前景象、胸中情意而发，情、境不同，造语亦不同，魏泰之言似太绝断。

二十五

　　石曼卿自少以诗酒豪放自得①，其气貌伟然，诗格奇峭②，又工于书，笔画遒劲，体兼颜、柳③，为世所珍。余家尝得南唐后主澄心堂纸④，曼卿为余以此纸书其《筹笔驿诗》⑤。诗，曼卿平生所自爱者，至今藏之，号为三绝，真余家宝也。曼卿卒后，其故人有见之者，云恍惚如梦中，言我今为鬼仙也，所主芙蓉城，欲呼故人往游，不得，忽然骑一素骡飞⑥。其后又云，降于亳州一举子家，又呼举子去，不得，因留诗一篇与之。余亦略记其一联云："莺声不逐春光老，花影长随日脚流。"神仙事怪不可知，其诗颇类曼卿平生语，举子不能道也。

【注释】

①石曼卿：石延年（992—1040）字曼卿，一字安仁，别号葆老子，祖居幽州（今北京一带），后迁宋城（今河南鹿邑）。官至大理寺丞，工诗，善书法。有《石曼卿诗集》行世。

②奇峭：雄奇。

③颜、柳：颜真卿（709—785）字清臣，琅玡孝悌里（今山东临沂费县）人。柳公权（778—865）字诚悬，京兆华原（今陕西耀县）人。二人皆唐代杰出的楷书书法家。

④澄心堂纸：《徽州府志》记载，黟歙（今安徽黄山所辖二县）间多良纸，有凝霜、澄心之号，后者长达五十尺为幅，自首至尾匀薄如一。南唐后主李煜对澄心纸倍加推崇，建堂收藏，故名“澄心堂纸”。

⑤《筹笔驿诗》：“汉室亏皇象，乾坤未即宁。奸臣与逆子，摇岳复翻溟。权表分江域，曹袁斗夏坰。虎奔咸逐逐，龙卧独冥冥。从众非无术，欺孤乃不经。惟思恢正道，直起复炎灵。管乐韬方略，关徐骇观听。一言俄遻至，三顾已忘形。南既清蛮土，东期赤魏廷。出师功自著，治国志谁铭。历劫兵如水，临秦策若瓴。举声将溃虏，横势欲逾泾。仲达耻巾帼，辛毗严壁扃。可烦亲细务，遽见堕长星。战地悲陵谷，来贤赏德刑。意中流水远，愁外旧山青。想像音徽在，侵寻毛骨醒。迟留慕英气，沉欢抚青萍。”炎灵：《文选·谢朓〈和伏武昌登孙权故城诗〉》有“炎灵遗剑玺，当涂骇龙战”。李善注：“炎灵，谓汉也。”遻（è）：同“遌”，意外遇到。赤：使忠于。壁扃（jiōng）：指壁垒关卡。音徽：德音，音容。侵寻：渐进，渐渐。

⑥素骥：白骥，或未加鞍辔的骡子。

【评析】

石介《三豪诗送杜默师雄》："曼卿豪于诗，社坛高数层。永叔豪于辞，举世绝俦朋。师雄歌亦豪，三人宜同称。"遂有"三豪"之说。师雄是杜默的字，他作诗多不合律，于是后人有"杜撰"一词。

"文豪"欧阳修与"诗豪"石曼卿为挚友。石曼卿早逝，欧阳修写《哭曼卿诗》与《石曼卿墓表》深痛悼念。诗共二十二韵，说石"作诗几百篇，锦组联琼琚。时时出险语，意外研精麤。穷奇变云烟，搜怪蟠蛟鱼。诗成多自写，笔法颜与虞。旋弃不复惜，所存今几余。往往落人间，藏之比明珠。又好题屋壁，虹蜺随卷舒。遗踪处处在，余墨润不枯"。欧阳公称赞石曼卿诗常出险语，精麤（cū，"粗"的异体）出人意外；书法堪比颜真卿、虞世南，但自书其诗而常旋即丢弃，所以民间"藏之比明珠"。石曼卿用宝贵的澄心堂纸亲书其诗《筹笔驿诗》赠欧阳修，纸、书、诗加之二人友情，欧阳公当然视为传家之宝。

筹笔驿在今四川广元北，相传诸葛亮曾在此筹划出兵攻魏。石氏《筹笔驿诗》写诸葛亮于奸佞乱国的危难之际思恢复正道、匡复汉室，赞扬其雄才大略，历数其丰功伟绩，直至烦劳而陨落；最后写诗人的凭吊之情：抚摸遗址上的青萍，久久不愿离去。诗句铿锵雄健，结句沉郁而情思深长，但全篇铺陈太甚，如述史传，有伤诗性。《临汉隐居诗话》说："石延年长韵律诗善叙事，其他无大好处。"这一评价较为恰当。

欧阳公说到鬼仙吟诗事，传言而已，不足信。

二十六

王建《霓裳词》云：
"弟子部中留一色，听风
听水作《霓裳》。"①《霓
裳曲》今教坊尚能作其
声②，其舞则废而不传
矣。人间又有《望瀛洲》、
《献仙音》二曲③，云此
其遗声也。《霓裳曲》前
世传记论说颇详，不知
"听风听水"为何事也？
白乐天有《霓裳歌》甚
详④，亦无"风水"之说。
第记之，或有遗亡者尔。

【注释】

①"弟子"二句：王建《霓
裳词》十首之一："弟子部中留一
色，听风听水作《霓裳》。散声
未足重来授，直到床前见上皇。"

②教坊：唐高祖始于禁中置内教坊，掌教习音乐，武则天后改为云韶府，玄宗开元二年（714）又于蓬莱宫侧置内教坊，京都置左右教坊，掌俳优杂技，教习俗乐；宋、金、元各代亦置教坊，明置教坊司。

③《望瀛洲》、《献仙音》：曲名。明人胡震亨《唐音癸签》载唐明皇"制法曲四十余"，《望瀛洲》、《献仙音》二曲即在其中。

④白乐天有《霓裳歌》：《霓裳歌》，即《霓裳羽衣歌》："我昔元和侍宪皇，曾陪内宴宴昭阳。千歌百舞不可数，就中最爱霓裳舞。舞时寒食春风天，玉钩栏下香案前。案前舞者颜如玉，不着人家俗衣服。虹裳霞帔步摇冠，钿璎累累佩珊珊。娉婷似不任罗绮，顾听乐悬行复止。磬箫筝笛递相搀，击抶弹吹声逦迤。〔凡法曲之初，众乐不齐，唯金石丝竹次第发声，《霓裳》序初亦复如此。〕散序六奏未动衣，阳台宿云慵不飞。〔散序六遍无拍，故不舞也。〕中序擘䘈初入拍，秋竹竿裂春冰拆。〔中序始有拍，亦名拍序。〕飘然转旋回雪轻，嫣然纵送游龙惊。小垂手后柳无力，斜曳裾时云欲生。〔四句皆霓裳舞之初态。〕烟蛾敛略不胜态，风袖低昂如有情。上元点鬟招萼绿，王母挥袂别飞琼。〔许飞琼、萼绿华，皆女仙也。〕繁音急节十二遍，跳珠撼玉何铿铮。〔霓裳曲凡十二遍而终。〕翔鸾舞了却收翅，唳鹤曲终长引声。〔凡曲将毕，皆声拍促速，惟霓裳之末，长引一声也。〕当时乍见惊心目，凝视谛听殊未足。一落人间八九年，耳冷不曾闻此曲。溢城但听山魈语，巴峡唯闻杜鹃哭。〔予自江州司马转忠州刺史。〕移领钱塘第二年，始有心情问丝竹。玲珑箜篌谢好筝，陈宠觱篥沉平笙。清弦脆管纤纤手，教得《霓裳》一曲成。〔自玲珑以下，皆杭之妓名。〕虚白亭前湖水畔，前后只应三度按。便除庶子抛却来，闻道如

今各星散。今年五月至苏州，朝钟暮角催白头。贪看案牍常侵夜，不听笙歌直到秋。秋来无事多闲闷，忽忆霓裳无处问。闻君部内多乐徒，问有霓裳舞者无？答云七县十万户，无人知有霓裳舞。唯寄长歌与我来，题作霓裳羽衣谱。四幅花笺碧间红，霓裳实录在其中。千姿万状分明见，恰与昭阳舞者同。眼前仿佛睹形质，昔日今朝想如一。疑从云梦呼召来，似着丹青图写出。我爱霓裳君合知，发于歌咏形于诗。君不见，我歌云，惊破霓裳羽衣曲。[长恨歌云。]又不见，我诗云，曲爱霓裳未拍时。[钱塘诗云。]由来能事皆有主，杨氏创声君造谱。[开元中，西凉府节度杨敬述造。]君言此舞难得人，须是倾城可怜女。吴妖小玉飞作烟，[夫差女小玉死后，形见于王。其母抱之，霏微若烟雾散空。]越艳

西施化为土。娇花巧笑久寂寥，娃馆苎萝空处所。如君所言诚有是，君试从容
听我语。若求国色始翻传，但恐人间废此舞。妍媸优劣宁相远，大都只在人
抬举。李娟张态君莫嫌，亦拟随宜且教取。[娟、态，苏妓之名。]"宪皇：即
唐宪宗李纯，其年号为元和。钿璎（tián yīng）：金花、贝片、玉珠之类饰物。
抴（yè）：同"撽"，用手指按。散序：隋唐燕乐大曲的开始部分。檗豁（bò
huō）：象声词，形容多种响声。上元：即道教上元天官，南宋吴自牧《梦粱
录》："正月十五日元夕节，乃上元天官赐福之辰。"溢（pén）城：今江西九
江瑞昌，唐时属江州；巴峡：在今重庆东，唐属忠州；白居易曾贬江州，曾任
忠州刺使，故以自称。箜篌（kōng hóu）：古老的弹拨乐器。觱篥（bì lì）：古
代一种管乐器。虚白亭：在杭州灵隐山中，刺史相里所建；白居易唐穆宗朝曾
任杭州刺史。娃馆：妓馆。

【评析】

《霓裳羽衣曲》安史之乱后失传，南唐李煜和大周后将其大部分补齐，金
陵城破时又被李煜下令烧毁；南宋年间，姜夔发现商调霓裳曲的乐谱十八段，
保存在他的《白石道人歌曲》里。

唐玄宗制《霓裳羽衣曲》令教坊歌舞艺人演练，在宫廷表演，王建《霓裳
词》即写排练情况：教坊弟子中留下一名美貌舞女跳霓裳舞，因结尾的"散声"
跳得不足节拍而被重新教授，直到跳好去床前见玄宗皇帝。明胡震亨《唐音癸
签》说："玄宗制霓裳羽衣曲十二遍，凡曲终必遽，唯霓裳羽衣曲将毕，引声
益缓。""曲将毕，引声益缓"正是王建所说"散声"。而"听风听水"则不
得其详。

二十七

　　龙图学士赵师民①，以醇儒硕学名重当时②，为人沉厚端默③，群居终日，似不能言，而于文章之外，诗思尤精，如"麦天晨气润，槐夏午阴清"，前世名流皆所未到也，又如"晓莺林外千声啭，芳草阶前一尺长"，殆不类其为人矣。

【注释】

①赵师民：约仁宗天圣末前后在世，字周翰，青州临淄（今山东临淄）人，曾任龙图阁直学士，有文集三十卷。宋代建龙图阁，收藏皇家文书、典籍、宝瑞、谱牒等，先后置待制、直学士、直阁等官。

②醇儒：儒学精粹纯正。硕学：博学。

③沉厚端默：沉厚，朴实稳重。端默，庄重沉静。

【评析】

今《全宋诗》只存赵师民诗四联一首。"麦天"今本作"菱天"。从格律看，"麦"字为妥。此联写夏日麦地清晨的空气和槐树中午的阴影，分别以一"润"字、"清"字形容，从细微处传达出景象神韵，可感可见。"晓莺"一联现未存，似写野僻处，莺啭草长，虽偏僻而生机盎然，芳草"一尺长"尤其奔放，与"沉厚端默"的为人确实相佐。

今存赵诗一首为："向来情思已陈陈，旅思无端不及春。潘子形容伤白发，沈郎文字暗丹唇。"陈陈，陈陈相因，不断累积。此诗为羁旅愁思、感时伤春之作：貌美的潘安长出了白发，沈约咀嚼文字而暗淡了朱唇，青春易老，而我漂泊天涯。

二十八

退之笔力①，无施不可，而尝以诗为文章末事，故其诗曰："多情怀酒伴，余事作诗人"也。然其资谈笑，助谐谑，叙人情，状物态，一寓于诗，而曲尽其妙。此在雄文大手，固不足论，而余独爱其工于用韵也。盖其得韵宽，则波澜横溢，泛入傍韵，乍还乍离，出入回合，殆不可拘以常格，如《此日足可惜》之类是也②。得韵窄则不复傍出，而因难见巧，愈险愈奇，如《病中赠张十八》之类是也③。余尝与圣俞论此，以谓譬如善驭良马者，通衢广陌，纵横驰逐，惟意所之；至于水曲蚁封④，疾徐中节，而不少蹉跌⑤，乃天下之至工也。圣俞戏曰："前史言退之为人木强，若宽韵可自足而辄傍出，窄韵难独用而反不出，岂非其拗强

韩愈像
《晚笑堂画传》

而然与？”坐客皆为之笑也。

【注释】

①退之：韩愈（768—824）字退之，河阳（今河南孟县）人。祖籍昌黎（属河北），世称韩昌黎，晚年任吏部侍郎，又称韩吏部，谥"文"，又称韩文公，唐代文学家、思想家。有《韩昌黎集》四十卷，《外集》十卷。

②《此日足可惜》：即《此日足可惜赠张籍》。注云："公时在徐，籍往谒公，未几辞去，公惜别，故作是诗以送。""此日足可惜，此酒不可尝。舍酒去相语，共分一日光。念昔未知子，孟君自南方。自矜有所得，言子有文章。我名属相府，欲往不得行。思之不可见，百端在中肠。维时月魄死，冬日朝在房。驱驰公事退，闻子适及城。命车载之至，引坐于中堂。开怀听其说，往往副所望。孔丘殁已远，仁义路久荒。纷纷百家起，诡怪相披猖。长老守所闻，后生习为常。少知诚难得，纯粹古已亡。譬彼植园木，有根易为长。留之不遣去，馆置城西旁。岁时未云几，浩浩观湖江。众夫指之笑，谓我知不明。儿童畏雷电，鱼鳖惊夜光。州家举进士，选试缪所当。驰辞对我策，章句何炜煌。相公朝服立，工席歌鹿鸣。礼终乐亦阕，相拜送于庭。之子去须臾，赫赫流盛名。窃喜复窃叹，谅知有所成。人事安可恒，奄忽令我伤。闻子高第日，正从相公丧。哀情逢吉语，惝恍难为双。暮宿偃师西，展转在空床。夜闻汴州乱，绕壁行彷徨。我时留妻子，仓卒不及将。相见不复期，零落甘所丁。骄儿未绝乳，念之不能忘。忽如在我所，耳若闻啼声。中途安得返，一日不可更。俄有东来说，我家免罹殃。乘船下汴水，东去趋彭城。从丧朝至洛，旋走不及停。

假道经盟津，出入行涧冈。日西入军门，羸马颠且僵。主人愿少留，延入陈壶觞。卑贱不敢辞，忽忽心如狂。饮食岂知味，丝竹徒轰轰。平明脱身去，决若惊凫翔。黄昏次汜水，欲济无舟航。号呼久乃至，夜济十里黄。中流上沙滩，沙水不可详。惊波暗合沓，星宿争翻芒。辕马蹄躅鸣，左右泣仆童。甲午憩时门，临泉窥斗龙。东南出陈许，陂泽平茫茫。道边草木花，红紫相低昂。百里不逢人，角角雄雉鸣。行行二月暮，乃及徐南疆。下马步堤岸，上船拜吾兄。谁云经艰难，百口无夭殇。仆射南阳公，宅我睢水阳。箧中有余衣，盎中有余粮。闭门读书史，窗户忽已凉。日念子来游，子岂知我情。别离未为久，辛苦多所经。对食每不饱，共言无倦听。连延三十日，晨坐达五更。我友二三子，宦游在西京。东野窥禹穴，李翱观涛江。萧条千万里，会合安可逢。淮之水舒舒，楚山直丛丛。子又舍我去，我怀焉所穷。男儿不再壮，百岁如风狂。高爵尚可求，无为守一乡。"张籍（约767—约830）：字文昌，和州乌江（今安徽和县）人。贞元十二年（796），孟郊到和州访张籍。十四年（798），介绍北游的张籍在汴州认识韩愈。孟君：指孟郊。魄死：农历每月初一，《汉书·律历志》："死魄，朔也。"披猖：猖狂。缪所当：不得当。汴州举进士，韩愈为考官，试《反舌无声》诗，张籍中等。相公：指宰相董晋。工席：乐工之席，《仪礼·乡饮酒礼》："工歌《鹿鸣》、《四牡》、《皇皇者华》。"偃师：今属河南洛阳。汴州乱：贞观十五年（799），宣武军乱。甘所丁：甘心这样零丁一人。此句佶屈，亦显韩愈诗风。盟津：即孟津，古黄河渡口，在今河南孟津东北。主人：指河阳节度使李元。次：滞留。汜水：在今荥阳。蹄躅（zhí zhú）：徘徊不进。陈许：即陈州（今河南淮阳）、许州（今河南许昌）。乃及：渐渐到达。徐：

指徐州。仆射南阳公：即徐泗濠节度使张建封，韩到徐州后，为其节度推官。李翱（772—841）：字习之，思想家，从韩愈学古文，推进古文运动。

③《病中赠张十八》："中虚得暴下，避冷卧北窗。不蹋晓鼓朝，安眠听逢逢。籍也处闾里，抱能未施邦。文章自娱戏，金石日击撞。龙文百斛鼎，笔力可独扛。谈舌久不掉，非君亮谁双。扶几导之言，曲节初枞枞。半途喜开凿，派别失大江。吾欲盈其气，不令见麾幢。牛羊满田野，解旆束空杠。倾尊与斟酌，四壁堆罂缸。玄帷隔雪风，照炉钉明釭。夜阑纵捭阖，哆口疏眉厖。势侔高阳翁，坐约齐横降。连日挟所有，形躯顿胮肛。归将乃徐谓，子言得无哤。回军与角逐，斫树收穷庞。雌声吐欸要，酒壶缀羊腔。君乃昆仑渠，籍乃岭头泷。譬如蚁垤微，讵可陵崆岘。愿终赐之教，斩拔枿与桩。从此识归处，东流水淙淙。"闾（lú）里：乡里。百斛（hú）：形容龙文鼎之大。斛，古量具。谈舌：即舌头，借指谈锋。久不掉：言其健谈。亮：坦直，《三国志·魏书·司马芝传》："芝性亮直，不矜廉隅。"麾幢（zhuàng）：官员出行时仪仗中的旗帜。旆（pèi）：古代旗末端状如燕尾的垂旒，泛指旌旗。罂（yīng）：大腹小口的瓦器。釭

（gāng）：油灯。捭阖（bǎi hé）：开合，战国时策士游说的一种方法。哆（chǐ）口：张口。眉厖（máng）：眉毛花白。侔（móu）：相等。高阳翁：即高阳醉翁。郦食其（Lì Yì jī）陈留见刘邦，刘邦一向轻视儒生，不愿见，郦瞋目案剑叱使者："走！复进言沛公，吾高阳醉翁也，非儒人也。"齐横：齐国田横。田横立田广为齐王，自己为相，抗拒汉，高帝使郦食其说横降，一举取下齐七十余城。胮肛（pāng gāng）：肥胖。徐谓：徐徐道来。哤（máng）：言语杂乱。斫树收穷庞：《史记》：孙膑困庞涓，伏兵马陵道左，"斫大树白而书之曰：'庞涓死于此树之下。'"雌声：柔声。羊腔：羊的肋肉。泷（lóng）：急流的水。讵（jù）：岂。陵：同"凌"，侵犯。崆峒（kōng tóng）：山名，《庄子·在宥》："黄帝立为天子，十九年，令行天下，闻广成子在于空同之上，故往见之。"枿（niè）：树木砍去后留下的树桩。

④水曲蚁封：水曲，水流曲折处。蚁封，蚁穴上的小土堆。

⑤蹉跌（cuō diē）：失足跌倒，比喻失误。

【评析】

韩愈和欧阳修同属唐宋散文"八大家"。韩倡导儒学，推行三代两汉古文，极力反对骈文，力图创立自由流畅、直言散行的新文体。欧阳修则继承韩的主张，成为宋代古文运动的领袖。他二人可谓志同道合。

韩愈重散文而视诗为"末事"，所谓"余事作诗人"（《和席八十二韵》）。而他"作诗人"时也往往以散文入诗，甚至写成"押韵之文"（惠洪《冷斋夜话》引沈括语）。《此日足可惜》写作者与张籍徐州相会，未几张辞去，此次聚首应非常珍惜。诗中写到当初孟郊向他举荐张籍，他"思之不可见"，得见

后不负所望；又写到仁义久荒，纯古已亡，他不在乎众人嘲笑，栽培贤士；再写到汴州兵乱，他奔波赴宰相丧事，辗转徐州，于此见到张籍，等等，通篇琐杂铺叙，寡有诗趣。《病中赠张十八》亦如此。欧阳公说他"资谈笑，助谐谑，叙人情，状物态，一寓于诗"，正可看出他"以文为诗"的特征。陈师道乃至有言："退之于诗，本无解处，以才高而好尔。"（《后山诗话》）

韩愈有三百多首诗留存于今，多为长篇古风，这正与其"以文为诗"相切合。他善于铺陈，爱用僻字拗句，"物状奇怪"（司空图《题柳柳州集后》）。他的诗中还常有散文语句，如《汴州乱二首》中"母从子走者为谁，大夫夫人留后儿"，乃纯为散文句法。

欧阳公说韩愈用韵不拘常格、惟意所之，这也和他自由直言的散文作风和求新追奇的诗风相一致。洪迈《容斋四笔》说："退之《此日足可惜》一首赠张籍，凡百四十句，杂用东、冬、江、阳、庚、青六韵。"这便是欧阳公所说用韵宽，"泛入傍韵，乍还乍离，出入回合"，不拘常格。《病中赠张十八》用三江韵，是窄韵。"曲节初枞枞"一句用"枞枞"指撞击声；枞（chuāng），同"摐"，本指撞击，叠用而表声响则显生硬。再如"解旆束空杠"中用"杠"指旗杆，未免勉强。此即欧阳公所谓"蹉跌"。

二十九

　　自科场用赋取人，进士不复留意于诗，故绝无可称者。惟天圣二年省试《采侯诗》^①，宋尚书祁最擅场^②，其句有"色映堋云烂，声迎羽月迟"^③，尤为京师传诵，当时举子目公为"宋采侯"。

【注释】

①采侯：指彩绘的箭靶。《周礼·考工记·梓人》云："张五采之侯，则远

国属。"郑玄注:"五采之侯,谓以五采画正之侯也。"

②宋尚书祁:宋祁(998—1061)字子京,安陆(今湖北安陆)人,后徙居雍丘(今河南杞县)。官至工部尚书,拜翰林学士承旨,与兄宋庠(xiánɡ)并称"二宋"。擅场:压倒全场,胜过众人。

③"色映"二句:埄(pénɡ),即埄的、箭靶。羽,箭上的羽毛,借指箭。

【评析】

科考以赋取士,自唐始。《唐会要》卷七十六《制科举》载:"天宝十三载十月一日,御勤政楼,试四科举人。其辞藻宏丽,问策外,更试诗赋各一道。"其注云:"制举试诗赋从此始。"宋人洪迈《容斋续笔》卷十三也说:"唐以赋取士,而韵数多寡,平侧次叙,元无定格。"这是说唐朝科考试赋韵数多少及平仄次序原本没有固定规格,但指明"唐以赋取士"。

宋初,进士科考以诗赋为主,试诗赋各一篇,此外还有论、策、帖、对等。神宗熙宁年间,罢试诗赋;哲宗元祐四年(1089),诗赋进士专列一科;不过,欧阳公于熙宁五年(1072)即已谢世。

宋祁诗作颇丰,今存一千五百余首。他受到西昆诗风影响,但自名一家。他强调诗以情为主,诗中常含理趣,善于运用反典,一些绝句清新优美。他的创作渐启江西诗体。

《采侯诗》两句写箭靶的斑斓色彩和被箭射中的声响,生动而有气势,无愧"宋采侯"之名。宋祁词也每有佳作,他因《玉楼春》词中有"红杏枝头春意闹"句,又被称作"红杏尚书"。

温公续诗话

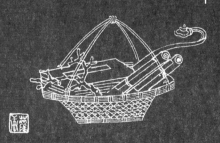

一

诗话尚有遗者，欧阳公文章名声虽不可及，然记事一也①，故敢续书之。

【注释】

①记事一也：记述事情是一样的。

【评析】

天才各有所能。欧阳修散文名天下，但"记事"却温公更胜一筹。温公编纂《资治通鉴》二百九十四卷，所记史事上起战国初，下迄五代末，凡一千三百六十二年，是为千古巨制，清代史学家王鸣盛称"此天地间必不可无之书，亦学者不可不读之书"（《十七史商榷》）。

《宋史》说："光生七岁，凛然如成人，闻讲《左氏春秋》，爱之，退为家人讲，即了其大指。自是手不释书，至不知饥渴寒暑。"温公学识渊博，著述丰硕，史传之外，诗词学术皆有成就，但毕竟诗不如欧阳，虽续欧阳诗话遗漏不少，却评诗难及欧阳公。

二

文德殿①，百官常朝之所也。宰相奏事毕，乃来押班②，常至日旰③，守堂卒好以厚朴汤饮朝士④。朝士有久无差遣、

厌苦常朝者，戏为诗曰："立残阶下梧桐影，吃尽街头厚朴汤。"亦朝中之实事也。

【注释】

①文德殿：北宋皇城内大庆殿西侧有文德殿，是皇帝主要的政务活动场所。

②押班：朝会时领班，管理百官朝会位次。

③日旰（gàn）：天色晚。

④厚朴（pò）汤：以厚朴为主要药材的中药汤。

【评析】

此节与欧阳公诗话"京师辇毂之下"一节照应，言官员以诗句自嘲辛苦。百官朝觐皇上，常候至天晚，期间只能喝一碗"厚朴汤"。这二句诗虽然只是写实事，但对仗颇工，也很风趣，表达出朝士苦不堪言而又无可奈何的情状。

三

惠崇诗有"剑静龙归匣，旗闲虎绕竿"。其尤自负者，有"河分冈势断，春入烧痕青"①。时人或有讥其犯古者②，嘲之："河分冈势司空曙，春入烧痕刘长卿。不是师兄多犯古，古人诗句犯师兄。”进士潘阆尝谑之曰③：“崇师，尔当忧狱事④，吾去夜梦尔拜我，尔岂当归俗邪？”惠崇曰：“此乃秀才忧狱事尔。惠崇，沙门也⑤，惠崇拜，沙门倒也，秀才得毋诣沙门岛邪⑥？”

【注释】

①“河分”二句：惠崇《访杨云卿淮上别墅》：“地近得频到，相携向野亭。河分冈势断，春入烧痕青。望久人收钓，吟余鹤振翎。不愁归路晚，明月上前汀。”

②犯古：指模仿或移用古人诗句。此词似温公始用。

③潘阆（làng）：字梦空，一说字逍遥，号逍遥子，大名（属今河北）人，一说扬州人。生年不详，卒于 1009 年，宋初著名隐士。工诗词，曾两次坐事亡命，真宗时释其罪，任滁州参军。

④忧狱事：忧虑刑狱之事。

⑤沙门：意为勤息、息心、净志，原是印度非婆罗门教宗教各派修道者的通称，后专指佛教出家修道者。

⑥沙门岛：今长岛（又称庙岛群岛，属山东烟台）的古称，古时是流放、囚禁犯人的地方。

【评析】

《六一诗话》写到九僧诗人，温公再提释惠崇。杨亿口述、黄鉴笔录、宋庠整理的《杨文公谈苑》说："近世释子多工于诗，而楚僧惠崇、蜀僧希昼为杰出。"惠崇（965—1017）能诗、擅画。他精于五律，常写自然景物，喜白描，力求精致传神。他善画鹅雁鹭鸶，尤工小景。苏轼曾为他的画《春江晓景》题诗："竹外桃花三两枝，春江水暖鸭先知。蒌蒿满地芦芽短，正是河豚欲上时。"东坡手笔更使他名传千古。

"剑静"一联写战罢兵休的和平景象，对仗工整，境界如画，且气势磅礴，尤其"静"、"闲"二字形象、传神，而"归"、"绕"二字又化静为动，以龙替剑、以旗上虎形图案代旗也极巧妙，此炼字锻句功夫堪为贾岛真传。

《访杨云卿淮上别墅》写由于相距不远，诗人常去杨氏别墅造访，二人一起观景吟诗，直至明月东升。"河分"一联是说河水因冈势而分岔流淌，野火烧过的草痕因春天而又遍地青绿，读来如临其境，尤其对句更有诗意，但如温公所言，却被嘲为犯古。宋人江休复《嘉祐杂志》也说"诗僧惠崇多剽前制，缁弟作诗嘲之"云云。司空曙《送卢使君赴夔州》有诗句"白波连雾雨，青壁断兼葭"，刘长卿《鄂渚听杜别驾弹胡琴》有诗句"声随边草动，意入陇云深"，所谓盗司空、长卿者或出于此二联？不过"春入"一句倒更近乎白居易诗"野火烧不尽，春风吹又生"。

　　古时诗文常以模仿或借用他人为耻。如《北史·魏收传》载，邢邵说魏收对任昉的文章"非直模拟，亦大偷窃"，而魏收又说邢邵"常于沈约集中作贼"。古人如若诗中有模仿、借用他人诗句，往往自注"偷某某句"，或注明"偷势"、"偷格"、"偷意"等，不然被指"白日作贼"。

　　惠崇缁弟作诗嘲讽他犯古，按照同朝释文莹《湘山野录》所记，此师弟是九僧诗人之一文兆。文莹替惠崇辩护，其《湘山野录》说："宋九释诗惟惠崇师绝出，尝有'河分冈势断，春入烧痕青'之句，传诵都下，籍籍喧著。余缁遂寂寥无闻，因忌之，乃厚诬其盗。闽僧文兆以诗嘲之……"

　　实则惠崇"河分"二句也被别人模仿和借用。也是宋朝僧人惠洪在《冷斋夜话》中说："'河分冈势断，春入烧痕青'僧惠崇诗也。然'河分冈势'不可对'春入烧痕'，东坡用之，为夺胎法，曰：'似闻决决流冰缺，尽放青青入烧痕。'以'冰缺'对'烧痕'，可谓尽妙矣。"惠洪把苏轼的"偷窃"称为"夺胎法"，还盛赞"尽妙"，可谓另一番观照了。其实，此类模仿和借用应属于现代西方理论中的互文现象。

　　温公所记潘阆戏谑惠崇，轶事一段。惠崇的还击显出其机智善辩，文雅胜过潘氏。

四

梅圣俞之卒也，余与宋子才选、韩钦圣宗彦、沈文通遘俱为三司僚属①，共痛惜之。子才曰："比见圣俞面光泽特甚②，意为充盛，不知乃为不祥也。"时钦圣面亦光泽，文通指之曰："次及钦圣矣。"众皆尤其暴谑③。不数日，钦圣抱疾而卒。余谓文通曰："君虽不为咒咀④，亦戏杀耳。"此虽无预时事，然以其与圣俞同时，事又相类，故附之。

【注释】

①宋子才选：宋选，字子才，生卒年不详。韩钦圣宗彦：韩宗彦（？—1060）字钦圣，欧阳修长女婿，官至尚书兵部员外郎，判三司盐铁勾院。沈文通遘：沈遘（1025—1067）字文通，尚书礼部郎中、龙图阁直学士。三司：宋以盐铁、度支、户部为三司，主理财赋，分设盐铁勾院、度支勾院、户部勾院，分工审核相关方面申报账籍。

②比（bì）：每。

③尤其暴谑：诧怪他玩笑开得过分。尤，诧怪。暴谑，开玩笑过分。

④咒咀（zǔ）：亦作"咒诅"，即诅咒、咒骂。

【评析】

此节与欧阳公谈梅尧臣病故相应。刘原父一句"圣俞官必止于此"的戏言，梅尧臣不久病逝，这是巧合；沈文通一句"次及钦圣矣"的玩笑话，韩钦圣真的不几日抱病而亡，同样偶然。两人之事相似，也是偶然巧合。世界巧合之事常有，不足为怪。欧阳、司马皆卓越文人，虽生古时，也未必于此信邪吧？欧阳公感叹戏语成真，司马公明言无预时事，可见诗人、史家不同性情。

五

郑工部诗有"杜曲花香酽似酒①，灞陵春色老于人②"，亦为时人所传诵，诚难得之句也。

【注释】

①杜曲：古地名。在今陕西西安长安区东少陵原东南端，因唐朝贵族杜氏世居于此得名。

②灞陵：也写作"霸陵"，汉文帝陵寝，因靠近灞河得名，在今西安灞桥区毛西乡杨家屹塔村，当地人称为"凤凰嘴"。

【评析】

郑工部，即郑文宝，《宋史》说他"能为诗，善篆书，工鼓琴。有集二十卷，又撰《谈苑》二十卷、《江表志》三卷"。他的许多诗作已经散佚，但有

不少脍炙人口的诗句流传。

"杜曲"一联写古都长安一带春天景色。浩荡春光，诗句却仅仅着笔"花"上，突出最显要的亮点，从而以小见大。写花不写其艳，只写其香，这已是不落俗套，而以酒的酽香比喻花香，则更见新意。尤其"春色老于人"一句更加奇妙：灞陵之上，自汉至今，游人代代更替，春色年年如故。一个"老"字，无限感慨。温公称为"难得之句"，诚然如是。

六

科场程试诗①，国初以来，难得佳者。天圣中，梓州进士杨谔始以诗著②，其天圣八年省试《蒲车诗》云："草不惊皇辙，山能护帝舆。"是岁，以策用清问字下第③。景祐元年，省试《宣室受釐诗》云④："愿前明主席，一问洛阳人。"谔是年及第，未几卒。庆历二年，韩钦圣试《勋门赐立戟诗》云："凝峰画幡转，交铩彩支繁。"范景仁云⑤，曾见真本如此。传钦圣作"迎风画幡转，映日彩支繁"，故两存之。苏州进士丁偓⑥，试《迩英延讲艺诗》云："白虎前芳掩，金华旧事轻。天心非不寤，垂意在苍生。"有古诗讽谏之体。偓是岁奏名甚高，御前下第。自是二十年始及第，寻卒。滕元发甫⑦，皇祐五年御试《律听军声诗》云："万国休兵外，群生奏凯中。"以是得第三人，最为场屋所称⑧。

【注释】

①程试：按规定的程式考试，后多指科举考试，也指程试之文卷。

②梓州：今四川三台。杨谔：生卒不详。

③以策用清问字下第：以，因为。策，古代考试将问题书写于策，令应举者作答，称为问策，也简称"策"，后来成为一种文体。下第，落第，未考中。此次策上的问题是一"清"字，因这一问题而杨谔未考中。

④省试：科举中的礼部试，在京城举行，由尚书省的礼部主持，每三年一次，逢辰戌丑未年为正科，遇皇室庆典加恩科，一般安排在二三月进行，因此又称"春试"。省试通过后方可进入殿试。

⑤范景仁：范镇（1007—1087）字景仁，华阳（今四川成都）人。官至翰林学士，封蜀郡公，谥忠文，有文集及《东斋记事》。

⑥丁偃：生卒不详。

⑦滕元发甫：滕元发（1020—1090）原名甫，字达道，东阳（今浙江东阳）人。官至龙图阁学士，卒赠左银青光禄大夫，谥章敏。著有《孙威敏征南录》。

⑧场屋：科举考试的场所。

【评析】

《六一诗话》说过，自科场用赋取人，诗无可称者，温公此处也说科场诗无佳者。除欧阳公所说进士不复留意，根本原因何在？

《诗经·小雅·四月》云："君子作歌，维以告哀。"《诗·大序》更说："诗者，志之所之也，在心为志，发言为诗。情动于中，而形于言。"这都是在说，诗歌缘自内心，因情而发。而情必因外部刺激而生。自然世界、现实生活触动心灵，主、客进行强烈碰撞，于是情怀激烈，思潮奔涌，如陆机《文赋》所言"其始也，皆收视反听，耽思傍讯，精骛八极，心游万仞"，这样才有可能写出好的诗篇。然而科场程试，命题作诗，诗题常为宫廷、帝王之事，与大多举子实际生活相去甚远，所以他们只能按题目编造，顺上意发挥，只求合乎规则，而无真情实感，如此怎能作出好诗？

　　欧阳公举宋祁省试《采侯诗》为最佳。这里，温公列杨谔、韩宗彦、丁偃、滕元发四人程试诗句，以为佳者。

　　杨谔，据刘攽《中山诗话》称，"有诗名"。他的《蒲车诗》句"草不惊皇辙，山能护帝舆"不过对仗工整、表述巧妙而已，无甚诗意。蒲车，用蒲草裹着车轮的车子。《史记·封禅书》云："古者封禅为蒲车，恶伤山之土石草木。"杨谔的两句诗说：草不会因皇帝蒲车走过而受惊，山能保护皇帝行进的车子。这几乎是《史记》关于"蒲车"的机智改写。

　　杨谔"愿前明主席，一问洛阳人"两句，应是其第二次科场试诗《宣室受釐诗》的尾联。殷代有宫名宣室，汉代未央宫置宣室殿，后宣室泛指帝王所居的正室。汉代，皇帝派人或郡国主持祀祭天地后，把剩余的肉送回皇上，以示受福，叫"受釐"。杨诗最后说：想要上前向主席表明，问一声洛阳人何在？洛阳人，指西汉政论家、文学家贾谊。贾谊十八岁以诵诗属书闻于郡中，二十一岁被召为博士，次年迁太中大夫，遂向文帝提出一系列建议，进行大刀阔斧的改革，但二十三岁时因遭群臣忌恨被贬为长沙王太傅，后被召为梁怀王太傅，梁怀王坠马而死后深自歉疚，三十三岁忧伤而死。唐戴叔伦诗《过贾谊宅》写道："凄凉回首处，不见洛阳人。"杨诗以问洛阳人收尾，意味深长，语言有汉乐府遗风，胜过其前一联。

　　关于《勋门赐立戟诗》，《诗话总龟》说："庆历二年，韩钦圣试《勋门赐戟诗》云：'凝锋画幡转，交镞采文繁。'范景仁曾见真本云：'迎锋画翻转，映日采文繁。'"这与温公所记有不同，但诗句写的都是勋门立戟的庄严壮观。勋门，建立过功勋的家族。古代礼制，凡官、阶、勋三品以上者得于邸院门前立戟。前蜀冯鉴《续事始·立戟》："立戟，开元礼：太庙、社、宫殿各施二十四戟，一品十六戟，郡王以下十四戟至十戟。"交铩（shā），指兵器交加而置，张衡《东京赋》有云："郎将司阶，虎戟交铩。"

丁偃试题为迩（ěr）英阁讲艺。迩英阁，宋代禁苑宫殿名，取亲近英才之意。"白虎"指汉宫白虎观，汉章帝在这里大会经师，钦定经义，连月乃罢。金华，即金华殿，在未央宫内，《汉书·叙传上》："大将军王凤荐伯宜劝学，召见晏昵殿……时上方乡学，郑宽中、张禹朝夕入说《尚书》、《论语》于金华殿中，诏伯受焉。"伯，指班伯，西汉中常侍。"白虎"从前好事掩蔽了，"金华"过去的事情不重视，天子的心不是不觉悟，是在意苍生啊！语中确有《诗经》"国风"的刺美讽谏之意，或因此虽"奏名甚高"，却"御前落第"。

滕元发的诗句写边国休兵、朝中奏凯的胜利、和平景象，直白易晓，歌功颂德而已。

七

鲍当善为诗①，景德二年进士及第，为河南府法曹。薛尚书映知府②，当失其意，初甚怒之。当献《孤雁诗》云："天寒稻粱少，万里孤难进。不惜充君庖，为带边城信。"薛大嗟赏，自是游宴无不预焉，不复以掾属待之③。时人谓之"鲍孤雁"。薛尝暑月诣其廨舍④，当方露顶，狼狈入，易服，

把板而出⑤，忘其幞头⑥。薛严重，左右莫敢言者。坐久之，月上，当顾见发影，大惭，以公服袖掩头而走。

【注释】

①鲍当（？—1039）：字平子，杭州（今属浙江）人。官至职方郎中。

②薛尚书映知府：薛映（951—1024）字景阳，华阳（今四川成都）人。曾知河南府，仁宗时迁礼部尚书，谥文恭。

③掾（yuàn）属：佐治的官吏，人员由主官自选，不由朝廷任命。

④暑月诣（yì）其廨（xiè）舍：暑月，夏月，大致相当农历六月前后小暑、大暑之时。诣，到。廨舍，官署。

⑤把板：持手板。手板，即笏（hù），《唐会要》："凡笏……晋、宋以来，谓之手板。"为君臣朝见时手中所执狭长板子，用以记事等。

⑥幞（fú）头：亦名"折上巾"，又名"软裹"，一种包头的软巾。

【评析】

鲍当是宋初有名诗人，诗风闲淡，有唐代韦应物诗格调，因诗集《清风集》被称"鲍清风"。今《全宋诗》收录鲍当诗十首，句一联。

鲍当《孤雁诗》以孤雁自况。他进士及第后远离家乡杭州，来到河南府任法曹，又遭知府薛映"甚怒之"，所以像冬天的孤雁一般。那冬天的孤雁，忍饥受寒，万里艰辛，却落得为人烹食。但烹食不足惜，只为带来边城的书信。这最后两句，分明是向知府大人表诚心。"城"，双关，字面是边远之城，谐音则是"诚"心，与后一"信"字相联，即表示对知府薛映诚心、可靠。

《苕溪渔隐丛话》引《老杜补遗》云："鲍当《孤雁诗》云：'更无声接续，空有影相随。'孤则孤矣，岂若子美'孤雁不饮啄，飞鸣犹念群，谁怜一片影，相失万重云'，含不尽之意乎。"杜甫《孤雁》后四句为："望尽似犹见，哀多如更闻。野鸦无意绪，鸣噪自纷纷。"《老杜补遗》认为鲍当诗句虽写出雁的"孤"，但不如杜诗意蕴深长。两诗都写到"声"、"影"，但杜诗则写念群悲鸣、不饮不食、茫然无所依归的情境，包含了强烈的情感和思虑，而鲍诗确实更突出形影相吊的孤单，情思虽有却不足。不过，鲍当此二句不在温公所记《孤雁诗》内，今《全宋诗》也将此二句另列。

鲍当有诗才，失意之时献诗邀宠，也为乖巧，但一时不慎，衣冠不整，失礼失态，可谓悲矣！

棧懸斜隔石橋斷
復尋溪□村

八

林逋处士①，钱塘人，家于西湖之上，有诗名。人称其《梅花诗》云"疏影横斜水清浅，暗香浮动月黄昏"②，曲尽梅之体态。

【注释】

①林逋（967—1028）：字君复，曾漫游江淮间，后隐居杭州西湖，结庐孤山，仁宗赐谥"和靖先生"。今存词三首，诗三百余首。

②《梅花诗》：即《山园小梅》。全诗为："众芳摇落独暄妍，占尽风情向小园。疏影横斜水清浅，暗香浮动月黄昏。霜禽欲下先偷眼，粉蝶如知合断魂。幸有微吟可相狎，不须檀板共金樽。"

【评析】

据《宋史》记载，林逋少孤力学，性恬淡好古，不趋荣利，家贫衣食不足，安然处之。相传，他常驾小舟遍游西湖诸寺庙，与高僧诗友相往还，二十载以山水为伴，每有客至，令童子放鹤，见飞鹤棹舟而归。后西湖苏堤建"三贤堂"，其三贤除白居易、苏轼，另一位即林逋。

林逋善绘画，工行草，长为诗。他的诗多写西湖景色，反映隐逸生活和闲适情趣，风格澄澈淡远，多奇句。清人贺裳《载酒园诗话》评论他的诗说："林处士泉石自娱，笔墨得湖山之助，故清绮绝伦，可谓人与地两无负也。惜带晚唐风气，未免调卑句弱，时有狐裘羔袖之恨。"

　　林逋的梅花诗写他孤山隐所外园林中的"小梅"。首联写梅花不畏寒苦，在群芳摇落之时独自开放，尽显傲霜风骨。颔联写梅花月下的倩影、幽香：疏影横斜在清浅的水面，芳香浮动于暗淡的月色中，展现出梅花的绰约风姿、清雅品格和留芳人间的美德。颈联从他物的反应写梅花的无限魅力，想象其美令飞鸟偷视、彩蝶断魂。这种笔法犹如乐府《陌上桑》写罗敷之美："行者见罗敷，下担捋髭须；少年见罗敷，脱帽着帩头。耕者忘其犁，锄者忘其锄；来归相怨怒，但坐观罗敷。"尾联写梅花，也是写诗人自己，诗人以诗与梅清雅相伴，远离富贵、尘嚣，抒发了诗人洁身清高、孤芳自赏的胸臆与情操。

　　宋人蔡启《蔡宽夫诗话》说："林和靖梅花诗：'疏影横斜水清浅，暗香浮动月黄昏。'诚为警绝；然其下联乃云：'霜禽欲下先偷眼，粉蝶如知合断魂。'则与上联气格全不相类，若出两人。"确实颔联清丽精雅，有唐人风韵，颈联粗朴浅近，近乐府风格。但一从正面描绘，一从侧面渲染，传情达意仍然统一。

南宋吴沆（hàng）说："咏物诗，本非初学可及，而莫难于梅、竹、雪。咏梅，无如林和靖'疏影横斜水清浅，暗香浮动月黄昏'。"（《环溪诗话》）但明朝李日华《紫桃轩杂缀》指出，林诗"疏影"一联源自五代时期江为的诗句"竹影横斜水清浅，桂香浮动月黄昏"，林逋只改为"疏影"、"暗香"以咏梅。不过李日华认为这是"点化"之笔，"诗字点化之妙，譬如仙者，丹头在手，瓦砾俱金矣"。丹头，点化神丹的药物。

诗中"疏影"一联千古传诵，但也不少微词。宋人陈辅就说此二句所写"近似野蔷薇也"（《陈辅之诗话》）。此言似嫌牵强。

九

魏野处士①，陕人，字仲先，少时未知名，尝题河上寺柱云："数声离岸橹，几点别州山。"②时有幕僚，本江南文士也，见之大惊，邀与相见，赠诗曰："怪得名称野，元来性不群。借冠来谒我，倒屣起迎君。"仍为延誉③，由是人始重之。其诗效白乐天体。真宗西祀④，闻其名，遣中使召之，野闭户逾垣而遁。王太尉相旦从车驾过陕⑤，野贻诗曰："昔年宰相年年替，君在中书十一秋。西祀东封俱已了，如今好逐赤松游。”王袖其诗以呈上，累表请退，上不许。野又尝上寇莱公准诗云⑥：“好去上天辞将相，却来平地作神仙。”⑦又有《啄木鸟诗》云⑧：“千林蠹如尽，一腹馁何妨。”又《竹杯珓诗》云⑨：“吉凶终在我，反覆谩劳君。”有诗人规戒之风。卒，赠著作郎，乃诏子孙租税外，其余科役皆无所预。仲先诗有“妻喜栽花活，童夸斗草赢”⑩。真得野人之趣，以其皆非急务也。仲先诗有“烧叶炉中无宿火，读书窗下有残灯”⑪。仲先既没，集其诗者嫌“烧叶”贫寒太甚，故改“叶”为“药”，不惟坏此一字，乃并一句亦无气味，所谓求益反损也。仲先赠先公诗，有“文虽如貌古，道不似家贫”。先公监安丰酒税，赴官，尝有《行色诗》云：“冷于陂水淡于秋，远陌初穷见渡头。犹赖丹青无处画，画成应遣一生愁。”岂非状难写之景也。

【注释】

①魏野（960—1019）：字仲先，号草堂居士，原为蜀地人，后迁居陕州（今河南陕县）。一生乐耕，拒绝为官，卒后真宗帝下诏旌表，称他“陕州处士”，追赠为秘书省著作郎。

②“数声”二句：《题崇胜院河亭》：“陕郡衙中寺，亭临翠霭闲。数声离岸舻，几点别州山。野客犹思住，江鸥亦忘还。隔墙歌舞地，喧静不相关。”此处“橹”作“舻”。

③仍为延誉：因而为（他）播扬声誉。仍，因而。延誉，播扬声誉。

④真宗西祀：《宋史》载："祀汾阴岁，与李渎并被荐，遣陕令王希招之……"真宗于大中祥符年间祭祀汾阴（今山西万荣西南宝鼎），派陕令王希召见魏野。

⑤王太尉相旦：王旦（957—1017）字子明，大名莘县（今属山东）人，景德三年（1006）拜丞相。"太尉"始设于秦，东汉时以太尉（掌军事）、司徒（掌民政）、司空（掌监察）为三公，后渐为虚衔或加官。

⑥寇莱公准：寇准（961—1023）字平仲，华州下邽（今陕西渭南下邽镇）人。曾两度拜宰相，后改为太子太傅，封莱国公。

⑦"好去"二句：魏野《寇相公生辰因有寄献》："宋朝元老更谁先，已咏功成二十年。好去上天辞将相，归来平地作神仙。坐看云岫资闲兴，卧听霓裳引醉眠。多少年辰献诗者，应无真祷似狂篇。"

⑧《啄木鸟诗》："爪利嘴还刚，残阳啄更忙。千林蠹如尽，一腹馁何妨。形小过槐陌，声高近草堂。岂同闲燕雀，唯解占雕梁。"

⑨《竹杯玟（jiào）诗》："谁识破筠根，还同一气分。吉凶终在我，反覆漫劳君。酒欲祈先酹，香临掷更焚。吾尝学丘祷，懒把祝云云。"

⑩"妻喜"二句：《春日述怀》："春暖出茅亭，携筇傍水行。易谙驯鹿性，难辨斗禽情。妻喜栽花活，童夸斗草赢。翻嫌我慵拙，不解强谋生。"筇（qióng）：一种竹子，可以做手杖。泛称手杖。

⑪"烧叶"二句：《晨兴》："夜长乞待得晨兴，耽睡童犹唤不应。烧叶炉中无宿火，读书窗下有残灯。临阶短发梳和月，傍岸衰容洗带冰。料得巢禽翻

怪讶，寻常日午起慵能。"翻：反而。慵能：犹言"不能"。

【评析】

魏野虽为隐士，但常与官宦交往，他的诗许多都是与官员酬答赠送之作，因而多少沾了些官场气。他的这类赠答诗，如赠王旦、献寇准的诗，一般语言浅易平直，所以温公说他"效白乐天体"。

其实魏野的另一些诗作多在字句锤炼上下功夫，力求细微精准，倒显出姚合、贾岛的风格。如"数声离岸橹，几点别州山"，此一流水对将河亭边船舻离岸的情景活脱脱展现眼前："数声"橹响，船舻摇"离"河岸，渐行渐远，成为"几点"，"别"离陕州（今三门峡陕县）青山。"数声"、"几点"、

"离"、"别"数词有声有形，动中含情，调动了听觉、视觉与内心感觉的共通感受，与闲临翠霭、野客思住、江鸥忘还等点染一起，写意般明快地描画出河亭与歌舞不相关的清静景象和野趣风情。可谓精练之语。所以幕僚见而大惊，以为"不群"。《晨兴》更显出贾岛诗的穷寒特征，正如集其诗者嫌"烧叶"贫寒太甚。但改"叶"为"药"既伤诗的意义，也伤诗的整体风格，不可取。与贾岛一些诗不同的是，《晨兴》不仅写穷寒，还写闲散。耽睡不起，在台阶前、月光下梳理短发，在岸边用带冰的水洗"衰容"，生动地描绘了一个村野隐士的生活状态。"衰"，既言衰老亦言沧桑惨淡。"烧叶"一联也颇似王禹偁（954—1001）《清明感事》"昨日邻家乞新火，晓窗分与读书灯"句，甚至有称

《清明感事》为魏野所作。《清明感事》前两句为"无花无酒过清明，兴味萧然似野僧"，此诗是写贫寒苦读，无隐士闲散气。

明胡应麟《诗薮》说："魏仲先'妻喜栽花活，童夸斗草赢'，王建也。"王建《闲居即事》有句"妻愁耽酒僻，人怪考诗严。小婢偷红纸，娇儿弄白髦"。但《春日述怀》读来也有杜甫《江村》格调："老妻画纸为棋局，稚子敲针作钓钩。"不过，取事相似，三篇诗格调、气象却各异。

《啄木鸟》咏物写志，歌颂扫除祸害、无私奉献的高尚精神，有刺美之风。啄木鸟整日忙碌啄食林中蠹虫，即使蠹虫完全灭尽后自己无食可进也在所不惜，它的这种品质是那些只知道闲适地栖居雕梁画栋上的燕雀远不可及的。

竹杯珓子，是旧时卜卦用的器具，用两块形似蚌壳的竹木片做成，抛掷地上，观其正反（翻覆）以占吉凶，也有直接用蚌壳的。《竹杯珓诗》的主旨即"吉凶终在我"。诗人不劳驾竹杯珓子欺骗，他曾学"丘祷"，却又懒得念叨祝语。《论语·述而》："子疾病，子路请祷……子曰：'丘之祷久矣。'"后以"丘祷"指祈求消灾祛病。

"文虽"一联，赞温公之父司马池文存古风、安贫守道，工整而笔力铿锵。

明朝薛雪《一瓢诗话》说："魏野诗，绝无要紧，又无气魄，有何好处？"他认为由于赞许太偏颇，误导了真宗皇帝。魏诗确不抵当时传扬，但说全无好处未免过分。

温公最后提到其父司马池《行色诗》，似显突兀。诗写赴官远行的眼前景、心中情，充满悲凉气氛。冷于水、淡于秋比喻形象，"画成应遣一生愁"愈加渲染了凄楚情调。全诗以情观景，以景写情，情景交融，浑然天成。

十

丁相谓善为诗①，在珠崖犹有诗近百篇②，号《知命集》，其警句有"草解忘忧忧底事，花能含笑笑何人"。少时好蹴踘③，长韵其二联云："鹰鹘腾双眼，龙蛇绕四肢。蹙来行数步，跷后立多时。"

【注释】

①丁相谓：丁谓（966—1037）字谓之，后更字公言，长洲县（今江苏苏州）人。前后共在相位七年，著有《刀笔集》、《青衿集》、《晋公集》、《晋公谈录》、《丁晋公词》等十多种。

②珠崖：汉武帝于海南岛东北部置珠崖郡，唐代改为崖州。丁谓晚年被罢相，贬为崖州司户参军。

③蹴踘（cù jū）：或作蹴鞠、蹋鞠、蹵鞠等，古代一种踢球游戏，裴骃集解《史记·苏秦列传》引刘向《别录》："蹴鞠者，传言黄帝所作，或曰起战国之时。"《汉书·枚乘传》："蹴鞠刻镂。"颜师古注云："蹴，足蹴之也；鞠，以韦为之，中实以物；蹴蹋为戏乐也。"唐宋盛行。

【评析】

丁谓属"西昆"诗人，《西昆酬唱集》录其诗五首。其现存的百余首诗中多为咏物，野兽家畜、花草树木、禽鸟昆虫、日用什物等等无不为题，引经据典，工在雕琢，乏于情感。

"草解"一联似问似叹，言花草而思人世，表现出怅然之情。底事，何事。古人以为萱草可使人忘忧。嵇康《养生论》："且豆令人重，榆令人瞑，合欢蠲忿，萱草忘忧，愚智所共知也。"含笑生南海。宋陈善《扪虱新话·论南中花卉》说："南中花木有北地所无者，茉莉花、含笑花、阇提花、渠那异花之类……含笑有大小。小含笑有四时花，然惟夏中最盛。又有紫含笑，香尤酷烈。"唐诗人张说《喜度岭》有句："见花便独笑，见草即忘忧。"丁谓诗句对仗极工，上下联分别以"忧忧"、"笑笑"句内蝉联，更加优美。

温公说丁谓蹴鞠诗为长韵，但现只存残句。此二联将蹴鞠人的神态、动作描写得细致、生动：双目敏捷如鹰鹘（hú），四肢灵活似龙蛇，轻赶几步，一脚将球跷后，独立好久。《中山诗话》说，柳永善蹴鞠，曾写诗："背装花屈膝，白打大廉斯。进前行两步，跷后立多时。"柳永想见丁谓却没有借口，便当丁谓在后园蹴鞠时去拜会；丁谓偶然把球踢到园外，柳永便捡起球怀揣自己的诗文去见丁谓，"出书再拜者三，每拜，毬起复于背膂幞头间，公乃笑而奇之，遂延于门下"。可见丁谓喜蹴鞠，所以写蹴鞠"下笔如有神"，但好诗不能仅描摹外在，止于"赋"。

十一

寇莱公诗，才思融远①。年十九进士及第，初知巴东县，有诗云："野水无人渡，孤舟尽日横。"②又尝为《江南春》云："波渺渺，柳依依，孤村芳草远，斜日杏花飞。江南春

尽离肠断，蘋满汀洲人未归③。"为人脍炙。

【注释】

①融远：深远。

②"野水"二句：《春日登楼怀归》："高楼聊引望，杳杳一川平。远水无人渡，孤舟尽日横。荒村生断霭，深树语流莺。旧业遥清渭，沉思忽自惊。"

③蘋（pín）：植物名。生浅水中，叶有长柄，柄端四片小叶成田字形。夏秋开小白花。

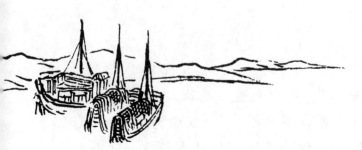

【评析】

宋人范雍在为《寇忠愍公诗策》所作序中称寇准"平昔酷爱王右丞、韦苏州诗"。王维与韦应物都擅长体物写景，风格清

丽隽永，在寇准诗中有所体现。寇准《春日登楼怀归》写高楼远眺，由眼前景色想到遥远的故乡，不禁心中惊慌。旧业，指故园。清渭，即渭河古渡的清渭楼；寇准出生渭河之滨，此处"清渭楼"借指故园所在。诗中颔、颈两联语对工整。而"远水"两句，其实从韦应物《滁州西涧》"野渡无人舟自横"一句化出。尾联诚如《四库全书总目》所言，"含思凄婉，绰有晚唐之致"。

《江南春》是一小词，写江南暮春之景，寄离人思念之情，孤寂惆怅，凄婉幽怨，语浅洁而情深切，有南唐遗风，所以"为人脍炙"。

十二

陈文惠公尧佐能为诗①。世称其《吴江诗》云："平波渺渺烟苍苍，菰蒲才熟杨柳黄。扁舟系岸不忍去，秋风斜日鲈鱼香。"又尝有诗云："雨网蛛丝断，风枝鸟梦摇。诗家零落景，采拾合如樵。"

【注释】

①陈文惠公尧佐：陈尧佐（963—1044）字希元，号知余子，阆州阆中（今四川南充阆中）人。官至宰相，谥文惠，能诗文，善书法、绘画。

【评析】

《宋史》说陈尧佐从小好学，读书不辍，"善古隶八分"，"尤工诗"。他的古隶点画肥重，人称"堆墨书"。《中山诗话》说他"善为四句诗"。他的诗现存六十余首（句），多写山水花木，明白清丽。

《六一诗话》所说苏舜钦《新桥对月》诗是吟咏吴江新建长桥气势，陈尧佐《吴江》诗则吟咏吴江景象。诗起句以浩渺的江波、苍茫的雾气写出吴江气势，接着菰蒲、杨柳、小船加以点染，不仅描绘出风光的秀丽，而且暗送美食的清香。菰（gū）是一种生在浅水里的植物，嫩茎叫"茭白"或"蒋"，可做蔬菜，果实叫"菰米"或"雕胡米"，可煮食；蒲也是生在水中的植物，根可食。但可食者不只菰蒲，更有鲈鱼！傍晚，秋风送来阵阵烹制鲈鱼的香味，令人系舟江岸，不忍离去。诗人以白描手法简约勾画，便境界全出，诗味淡雅。

"雨网"一首前两句写"零落景"，后两句写诗人如樵夫采拾碎枝断桠一样采撷零落景象用来作诗。此诗构思新颖，清丽自然，充分显示诗人体察细腻，善于捕捉微小的事物、景象设境寓情。清人薛雪《一瓢诗话》说："司马温公称陈尧佐'雨网蛛丝断，风枝鸟梦摇'为佳，余谓小巧而已。"此言过矣，皆缘薛雪评诗偏执崇古重道之故。

十三

庞颖公籍喜为诗①，虽临边典藩②，文案委积，日不废三两篇，以此为适。及疾亟③，余时为谏官，以十余篇相示，手批其后曰："欲令吾弟知老夫病中尝有此思耳。"字已惨淡难识，后数日而薨④。

【注释】

①庞颖公籍：庞籍（988—1063）字醇之，单州成武（今山东成武）人，官至宰相，封颖国公，谥庄敏，司马光恩师。

②临边典藩：驻守边陲，掌管偏远之地。宝元元年（1038），西夏犯边，庞籍被任命为陕西都转运使，与范仲淹、韩琦共同掌握宋西北军政大权。

③疾亟（jí）：病情严重。

④薨（hōng）：周代称诸侯之死，唐代始称二品以上官员之死。

【评析】

诗本有感而发，精心创作，若成每日功课，必然流于空泛。庞籍每日作诗三两篇，可见喜为诗之甚，一定诗作不少。今存其诗八首、词一篇及些许残句，观之确实平平，缺乏诗味。庞籍的诗，后人少有关注，温公记叙包含对恩师的深深敬意和切切怀念。

十四

韩退处士，绛州人①，放诞不拘，浪迹秦晋间，以诗自名②。尝跨一白驴，自有诗云："山人跨雪精③，上便不论程。嗅地打不动，笑天休始行④。"为人所称。好着宽袖鹤氅⑤，醉则鹤舞，石曼卿赠诗曰⑥："醉狂玄鹤舞⑦，闲卧白驴号。"

【注释】

①绛州：即今山西新绛。

②以诗自名：由于诗而有名声。自名，因自己某方面的成就而闻名。

③雪精：驴名。

④笑天：仰天笑（啸）。

⑤鹤氅（chǎng）：原为羽毛制成的裘，后也专称道服。

⑥石曼卿赠诗：即《韩希祖隐君武威》："方瞳神已满，毋死变霜毛。道味山中澹，诗情事外高。醉狂玄鹤舞，闲卧白驴豪。吾素存微尚，他年亦尔曹。"

⑦玄鹤：传千岁鹤其羽毛变黑，称玄鹤。

【评析】

《宋史》记载，韩退师事种放。种放（955—1015）是著名道士、画家，也是易学家、教育家、诗人。《宋史》又说，母亲去世后，韩退"负土成坟"，光脚做完丧事，然后去嵩山隐居；皇帝"诏赐粟帛，号安逸处士，以寿终"。

韩退的"山人"诗浅显、滑稽，似打油诗，但有一种洒脱、放浪之气。韩退诗有多少，不得而知，今《全宋诗》只录此一首。

石延年赞韩退高节，其赠诗刻画出韩退超然世外的道骨仙风和放浪逍遥的自在品格，甚至表示将来也要学他的样子。

十五

章献太后上仙^①，群臣进挽歌数百首，惟曼卿一联首出，曰："震出坤柔变，乾成太极虚。"太后称制日^②，仁宗端拱^③，至是始亲万几^④，曼卿诗切合时宜，又不卑长乐也^⑤。

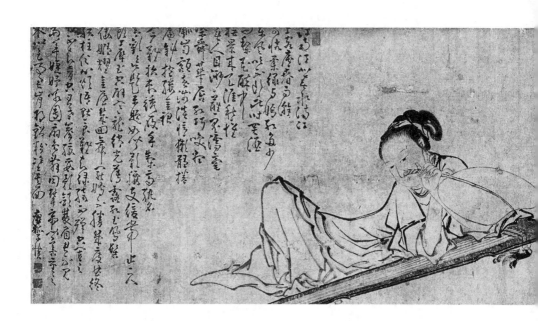

【注释】

①章献太后上仙：真宗赵恒的皇后刘娥（968—1033）是宋朝第一位摄政的太后，常与汉之吕雉、唐之武则天并举，史书称其"有吕武之才，无吕武之恶"。谥庄献明肃皇后，后改章献明肃皇后。上仙，本意成仙，婉称死亡，多用于帝王。

②太后称制日：称制，代行皇帝职权。天禧四年（1020）二月，真宗患病，上呈皇帝的政务实际都由皇后刘娥处置，后来真宗病重，下诏：此后由皇太子赵祯在资善堂听政，皇后贤明，从旁辅助。乾兴元年（1022）二月，真宗病逝，遵遗诏，十一岁的太子赵祯即位，军国重事"权取"皇太后处分。

③端拱：端坐拱手。此处指帝王庄严临朝。

④万几：《尚书·皋陶谟》："无教逸欲有邦，兢兢业业，一日二日万几。"孔传："几，微也，言当戒惧万事之微。"后以"万几"指帝王日常处理的纷繁政务。太后垂帘，仁宗皇帝端拱临朝，于是太后刘娥开始亲手处理日常国事。

⑤长乐：即长乐宫，西汉皇宫，与未央宫、建章宫共为三宫，汉高祖以后太后所居。此处指代太后。

【评析】

诗本是抒情显志、自由的精神创作，如果用于官场应酬，特别是用于宫廷政事、皇家行止，就成为不自由的制作，要顾及许多利害，稍有不慎，甚至影响到前程、性命，这时，诗便不成其诗，而变为特殊的工具，于是要凭作者聪明机巧。

至于挽联，纯属实用，文采为次，主要寄托哀思，追念功德。石延年为刘娥太后写的挽联，援《易传》说事。震，即震宫、东宫，《易·说卦》："震，东方也"，"帝出乎震"。坤，《易·说卦》："坤，地也，故称乎母。"《易·文言》说："坤至柔而动也刚，至静而德方。"石联上句是说太子赵祯即位（震出）、太后刘娥称制（坤柔变）的事实；太后至柔而刚强，有赞誉之意。乾，《易·说卦》："乾，天也，故称乎父。""天"，又指天子。太极，《易·系辞传》："易有太极，是生两仪。"郑玄注："极中之道，淳和未分之气。"石联下句意为太子虽登基（乾成）却未行实权，端拱而已（太极虚），与太后淳和一气。刘娥虽非仁宗生母，却对他视若己出，母子关系甚好，所以挽歌要写得得体实为不易。温公认为石氏挽歌对太后既表追念赞誉之情，又不卑下献媚，是为"首出"。

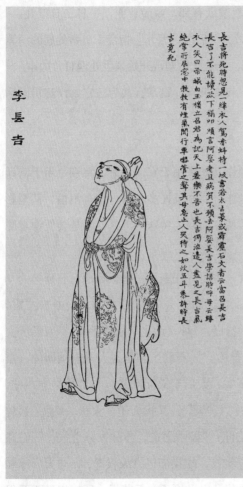

长吉将死时忽见一绯衣人驾赤虬持一板书若太古篆或霹雳石文者云当召长吉长吉了不能读欻下榻叩头言阿婆老且病贺不愿去阿䙡长吉学诮肺呼母云绯衣人笑曰帝成白玉楼立召君为记天上差乐不苦也长吉独泣遽人尽见之长吉气绝常所居窗中焂焂有烟气闻行车嘒管之声其母急止人哭待之如炊五斗秦许时长吉竟死

李长吉

李贺像
《晚笑堂画传》

十六

李长吉歌"天若有情天亦老"①，人以为奇绝无对。曼卿对"月如无恨月长圆"，人以为勍敌②。

【注释】

①李长吉：李贺（790—816）字长吉，河南福昌（今河南洛阳宜阳县）人，有诗鬼之称，与李白、李商隐并为唐代"三李"。一生愁苦多病，仅做过三年从九品奉礼郎。《金铜仙人辞汉歌》："茂陵刘郎秋风客，夜闻马嘶晓无迹。画栏桂树悬秋香，三十六宫土花碧。魏官牵车指千里，东关酸风射眸子。空将汉月出宫门，忆君清泪如铅水。衰兰送客咸阳道，天若有情天亦老！携盘独出月荒凉，渭城已远波声小。"

②勍（qíng）敌：强敌，有力的对手。此处指诗才相当。

【评析】

李贺为唐代诗坛奇才，十几岁即诗名传扬。但他因父亲李晋肃名中"晋"字与"进"音同而避讳不得考进士，所以仕途蹭蹬。他倾心作诗，"长歌破衣襟，短歌续白发"（《长歌续短歌》），诗风激越凄戾。他短暂的一生留下二百二三十篇诗作。他的诗多古体、乐府，很少近体，其炼字锻句的新奇无疑影响了晚唐诗风。但宋张表臣《珊瑚钩诗话》说："如李长吉锦囊句，非不奇也，而牛鬼蛇神太甚，所谓施诸廊庙则骇矣。"

《金铜仙人辞汉歌》是李贺代表性作品，其《序》写道："魏明帝青龙元年八月，诏宫官牵车西取汉孝武捧露盘仙人，欲立置前殿。宫官既拆盘，仙人临载，乃潸然泪下。"诗写金铜仙人离咸阳时的情景，感叹汉武帝死后的凄凉，措词奇峭，形象突出，悲情激越，一气贯通。"天若有情天亦老"一句愈加想象大胆、奇异，悲怆之情迸发到极致，历来被视为绝唱。诗中"桂树悬秋香"、"酸风射眸子"、"清泪如铅水"等，造语新颖奇特而无生硬造作之感。

石延年的对句的确非常工整，情感与李贺句相通接，实为难能，但月圆月缺之语毕竟未脱前人窠臼，不如李贺句出人意外。

十七

《诗》云："牂羊坟首，三星在罶。"①言不可久。古人为诗，贵于意在言外，使人思而得之，故言之者无罪，闻之者足以戒也。近世诗人，为杜子美最得诗人之体，如"国破山河在，城春草木深。感时花溅泪，恨别鸟惊心"②。山河在，明无余物矣；草木深，明无人矣；花鸟，平时可娱之物，见之而泣，闻之而悲，则时可知矣。他皆类此，不可遍举。

【注释】

①"牂（zāng）羊"句：出自《诗经·小雅·苕之华》。牂羊，母绵羊。坟首，大头，瘦弱的羊则头大。坟，大。罶（liǔ），鱼笱（gǒu），捕鱼的竹笼；朱熹《诗集传》："罶中无鱼而水静，但见三星之光而已。"一说"星"即"鮏"（xīng），俗"鯹"（zhēng），《说文》解为"鱼臭也"；《集韵》作鱼名。后说似更合乎下句意：人可食，却难饱。全诗："苕之华，芸其黄矣。心之忧矣，维其伤矣。苕之华，其叶青青。知我如此，不如无生。牂羊坟首，三星在罶。人可以食，鲜可以饱。"苕：植物，花黄赤色。维其：何其。

②"国破"四句："国破"诗，即杜甫的《春望》。

【评析】

《苕之华》写饥馑之年的忧伤，以苕花枯黄、凋零比诗人痛彻心肺的忧伤之情。"牂羊坟首，三星在罶"言可得食物之少，传达饥荒严重之意，表达无限忧伤之情，所以"意在言外"。

不过，温公对此诗的理解似乎本于朱熹。朱熹《诗集传》："诗人自以身逢周室之衰，如苕附物而生，虽荣不久，故以为比，而自言其心之忧伤也。"所

以他将"其叶青青"解释为"比也，青青，盛貌。然亦何能久哉"。如此说来，《苕》诗是因周朝式微而自伤，而非伤饥荒。温公照此理解，也说"牂羊坟首，三星在罶""言不可久"。

如若《苕之华》感伤国家衰微，联系到杜甫的《春望》也就颇为自然了。《春望》也是由眼前之景，伤国家之事，通过写花鸟草木抒发"国破"的悲伤之情，同样"意在言外"。只是《苕之华》以哀伤景写忧伤情，而《春望》则因哀伤之情观兴盛之景，逆映反衬，更显凄恻。温公以为古人"意在言外"的诗篇举不胜举。温公解"山河在"说明别他物，"草木深"说明已无人在。

诗"贵于意在言外"，古人常有说道。宋人姜夔《白石道人诗说》云："语贵含蓄。东坡云：'言有尽而意无穷者，天下之至言也。'……句中有余味，篇中有余意，善之善者也。"

其实，何止古人作诗"贵于意在言外"？甚而，岂止诗"贵于意在言外"？一切好的艺术作品都应包蕴丰富的意义，余音绕梁，耐人寻味，所谓"此时无声胜有声"。

十八

刘概字孟节①，青州人。喜为诗，慷慨有气节。举进士及第，为幕僚。一任不得志，弃官隐居冶原山，去人境四十里。好游山，常独挈饭一罂②，穷探幽险，无所不至，夜则宿于岩石之下，或累日乃返，不畏虎豹蛇虺③。富丞相甚礼重之④，尝在府舍西轩有诗云："昔年曾作潇湘客，憔悴东秦归未得。西轩忽见好溪山，如何尚有楚乡忆。读书误人四十年，有时醉把阑干拍。"

【注释】

①刘概：生卒年不详，青州寿光（今山东寿光）人。出仕不畅，隐居青州冶原山。

②挈（qiè）饭一罂（yīng）：挈，用手提着。罂，古代小口大腹的瓶子。

③虺（huǐ）：古书上说的一种毒蛇。

④富丞相：富弼（1004—1083）字彦国，洛阳（今属河南）人。庆历三年（1043）任枢密副使，因与范仲淹等共推新政被排挤，出知郓州、青州，至和二年（1055）与文彦博同时出任宰相，英宗时封郑国公。

【评析】

清人厉鹗《宋诗纪事》记载，刘概"少师种放，隐于青州之南冶原山，富郑公为筑室以居"，还说范仲淹、文彦博都待他很好，想推荐到朝廷，但他"恳辞不就"。富弼为刘概"筑室以居"，可见"富丞相甚礼重之"。

今《全宋诗》将"昔年"诗句列于富弼名下，但《宋诗纪事》则以《府舍西轩作》之题载为刘概作品。温公此处意义关键全在"甚礼重之"后面标点，如为句号，则与《纪事》无抵牾，但若是逗号，其意确实有些含混。不过就温公这节整体推敲，此诗应是刘概于富弼府舍西轩所题。这些诗句表现出刘概纵情山水、自由放浪的性格。

　　现泰安市档案馆珍藏刘概为石介而作诗碑一块，题为《哭守道先生诗》，云："路出莱芜欲有题，感君追古思犹豫。生前谤议风雷击，死后文章天地齐。万种梦魂随我作，百般禽鸟为君啼。孤坟一掩徂山下，汶水年年哭向西。"石介（1005—1045）字守道、公操，兖州奉符（今山东泰安）人。《宋史》说他"笃学有志尚，乐善疾恶，喜声名，遇事奋然敢为"，有《徂徕集》行世。石介曾因赞颂范仲淹等改革遭到攻讦、放逐，甚至死后被指"诈死"。刘概《哭守道先生诗》表达了对石介生前所受不平的愤慨，赞颂他的淳古思想和不朽文章，倾诉了诗人对逝者的一腔深情和悲痛悼念，尾联"孤坟一掩徂山下，汶水年年哭向西"更写出无限沉痛。

　　刘概诗作罕有存留，但由以上两诗可以看出，其诗感情奔涌，自由挥洒，

自然流畅，应是性情中人作性情之诗。

十九

　　唐之中叶，文章特盛，其姓名湮没不传于世者甚众。如河中府鹳雀楼有王之涣、畅诸诗①。畅诗曰："迥临飞鸟上，高谢世人间。天势围平野，河流入断山。"王诗曰："白日依山尽，黄河彻海流。欲穷千里目，更上一层楼。"二人者，皆当时贤士所不数②，如后人擅诗名者，岂能及之哉！

【注释】

　　①河中府：今山西永济蒲州镇。鹳雀楼：又名鹳鹊楼，故地位于蒲州古城西郊的黄河岸畔，因时有鹳雀栖其上而得名。王之涣（688—742）：字季凌，并州（今山西太原）人。自幼聪颖好学，少时侠义、放荡，中年一改前习，虚心求教，专心写诗，诗名大振，常与王昌龄、高适等相唱和。他未走科举之途，而以门子调补冀州衡水主簿，晚年任文安县尉。畅诸：生卒年不详，汝州（今河南临汝）人。开元初登进士第，官至许昌尉。《全唐诗》存诗《早春》一首："献岁春犹浅，园林未尽开。雪和新雨落，风带旧寒来。听鸟闻归雁，看花识早梅。生涯知几日，更被一年催。"献岁：进入新的一年，指正月。

　　②不数：不算在数内，即言王之涣、畅诸都不算在当时贤士内。

【评析】

　　鹳雀楼建于后周（951—960）。唐李翰《河中鹳雀楼集序》写道："后周大冢宰宇文护军镇河外之地，筑为层楼。迢标碧空，影倒洪流，二百余载，独立乎中州。"宇文大冢宰于黄河东岸修建此楼，以为瞭望敌情，后成名胜，"四方隽秀有登者，悠然远心，如思龙门，若望昆仑"，"八月天高，获登兹楼，乃复俯视舜城，傍窥秦塞。紫气度关而西入，黄河触华而东汇，龙据虎视，下临八洲"（《河中鹳雀楼集序》）。

　　畅诸《登鹳雀楼》被南宋计有功《唐诗纪事》误为畅当之作，《全唐诗》以讹传讹。《河中鹳雀楼集序》说："前辈畅诸，题诗上层，名播前后，山川景象，备于一言。"畅诸诗前二句由下望之景写楼的高伟：凌驾于飞鸟之上，高耸于人世之间；后两句以远眺之景写楼的气势：天笼平原，河入断山，视野辽阔。诗中流露出诗人高昂的情绪和超然的胸怀。

　　王之涣《登鹳雀楼》广为传诵，脍炙人口。他的诗先写放目远眺，望到落日依山、黄河东逝的苍茫辽远景象，由广袤的视野反映楼的高伟，随后则以不写而更写楼高：再登一层，可望千里。与畅诸诗相比，他的诗中则弥散着一种茫然之感、惆怅之情，虽胸怀高远，却隐约有抑郁不得志之意。

　　畅、王二诗相比，王诗更加平易、上口，境界鲜明，情思浓郁，尤其后两句还包蕴着一种人生哲理，耐人回味。

　　当然，诗的流传，除了诗本身的原因外还取决于多方因素，比如，在古代，名人的赞扬、传播和史家的记录、肯定便极为重要。

二十

　　陈亚郎中性滑稽①，尝为药名诗百首。其美者有"风雨前湖夜，轩窗半夏凉"②，不失诗家之体。其鄙者有《赠乞雨自曝僧》云："不雨若令过半夏，定应晒作胡芦巴。"又咏《上元夜游人》云："但看车前牛领上，十家皮没五家

皮。"蔡君谟尝嘲之曰③:"陈亚有心终是恶。"亚应声曰:
"蔡襄除口便成衰。"

【注释】

①陈亚郎中:陈亚字亚之,约宋真宗天禧(1017—1021)初前后在世,维
扬(今江苏扬州)人。咸平五年(1002)进士,官至太常少卿。郎中,官职,
分掌各司事务,仅次于尚书、侍郎、丞相。

②"风雨"二句:今《全宋诗》载《登湖州销暑楼》:"重楼肆登赏,岂羡
石为廊。风月前湖近,轩窗半夏凉。罾青识渔浦,芝紫认仙乡。却恐当归阙,
灵仙为别伤。"

③蔡君谟:蔡襄(1012—1067)字君谟,仙游(今福建仙游)人,历任
枢密院直学士、三司使等,学识渊博,书艺尤高,为宋四大书法家(苏、黄、
米、蔡)之一。

【评析】

陈亚也是风雅之人。宋王辟之《渑水燕谈录》说他"蓄书数千卷，名画数十轴，平生之所宝者"，"怪石一株尤奇峭，与异花数十本，列植于所居"；并且作诗戒其子孙："满室图书杂典坟，华亭仙客岱云根。他年若不和花卖，便是吾家好子孙。"典坟，即三坟五典，传五帝之书称五典，三皇之书称三坟，泛指各种书籍。陈亚晚年得华亭（古属松江府）两只鹤，乃爱称来自岱（泰山）云根（云生之处）的仙客。可叹他的这些宝物在其死去不久，便"皆散落民间矣"。

陈亚少小成孤，在舅舅家长大，受舅舅影响，熟谙药名。宋吴处厚《青箱杂记》说他"盖近世滑稽之雄也。尝著《药名诗》百余首，行于世"。这与温公所言一致。他的《登湖州销暑楼》巧妙地将"前胡"、"半夏"等药名嵌入句中，浑无痕迹，描绘出一幅水乡风景画，意境颇美，所以温公说它"不失诗家之体"。

但是，诗为语言艺术，而非语言游戏。如若玩弄技巧，专为戏谑，便只成"滑稽"，却不可真正称之为诗，即有"失诗家之体"了。一年天旱，陈亚和友人蔡襄在路上看到和尚日头下赤膊祈雨，便脱口而出温公所说《赠乞雨自曝僧》之句，其中"半夏"、"葫芦巴"都是药名。蔡襄说他讽刺太过（一说饮酒时互讥），以其名"亚"有"心"即为"恶"讥之；他毫不示弱，巧妙回击，以其人之道言其"襄"字去"口"便似"衰"，且所说"便成衰"又是中医"泄泻"的别称。陈亚的这些诗句巧也巧矣，但只是逗趣的俏皮话而已，虽机敏过人，而与真正的诗却无大干系。

　　清人褚人获《坚瓠首集》载，陈亚亲故多干托借车牛，因作诗云："地名京界足亲知，往借寻常无歇时。但看车前牛领上，十家皮没五家皮。"这与温公所记《上元夜游人》诗题不一，但其中两句无异。四句诗中，包含"荆芥"（京界）、"全蝎"（歇）、"车前子"（车前）、"五加皮"（五家皮）四味药名。

　　陈亚除以药名作诗，还以药名填词。关于他的药名诗词，有不少掌故、轶事。这些诗词传至民间，令陈亚一时名声大振，以致他的官职"郎中"渐渐成了行医者的代称。

二十一

　　杨朴①，字契玄，郑州人，善为诗，不仕。少时尝与毕相同学②，毕荐之，太宗召见，面赋《蓑衣诗》云③："狂脱酒家春醉后，乱堆渔舍晚晴时。"除官不受④，听归山⑤，以其子从政为长水尉⑥。朴尝为《七夕诗》云⑦："年年乞与人间巧，不道人间巧已多。"

【注释】

①杨朴（921—1003）：自号东里野民。好学，善诗，天性恬淡孤僻，不愿做官，终生隐居农村。

②毕相：毕士安（938—1005）字仁叟，代州云中（今山西大同）人。宋

太祖乾德四年（966）进士，宋朝名相。

　　③《蓑衣诗》：或作《莎衣》。全诗："软绿柔蓝着胜衣，倚船吟钓正相宜。蒹葭影里和烟卧，菡萏香中带雨披。狂脱酒家春醉后，乱堆渔舍晚晴时。直饶紫绶金章贵，未肯轻轻博换伊。"蒹葭（jiān jiā）：芦苇。蒹，没有长穗的芦苇。葭，初生的芦苇。菡萏（hàn dàn）：荷花的别称，古人用以称未开的荷花。直饶：纵使。

　　④除官：授官。

　　⑤听归山：听任回到山野。

　　⑥长水尉：八校尉之一，掌屯于长水与宣曲的乌桓人、胡人骑兵。长水、宣曲皆河名。

　　⑦《七夕诗》："未会牵牛意若何，须邀织女织金梭。年年乞与人间巧，不道人间巧已多。"会：理解，懂。

【评析】

　　宋郑景望《蒙斋笔谈》记载，杨朴"性癖，常骑驴往来郑圃。每欲作诗，即伏草中冥搜，或得句，则跃而出，遇之者无不惊"。宋真宗祀汾阴时路过郑州，召见杨朴，想让他做官，问："卿来有以诗送行者乎？"杨朴猜到了真宗的意思，谎说："无有，惟臣妻一篇。"真宗让他朗诵，他诵道："且休落魄贪杯酒，更莫猖狂爱作诗。今日捉将宫里去，这回断送老头皮。"真宗听后大笑，赏赐他五匹帛，放他回到山中。

　　温公所述，是毕相推荐，太宗召见，杨朴当面赋诗。《蓑衣诗》写蓑衣的颜色质地和它便利的用处，最后说即使紫绶金章非常珍贵，但也不肯拿这蓑衣去讨换，表达了诗人喜爱自由自在的乡野生活而不慕荣华富贵的志向。出句"软绿柔蓝"锻炼精妙，将视觉和触觉揉合一起，给人鲜明、快适的感受。颔联以雅写俗，将粗朴辛勤的生活渲染得无比优雅美好、闲适愉快。颈联"狂脱"、"乱堆"二词极为生动，突出地描绘出自由放浪、散淡逍遥的生活场景，表现出抒情主人公纵情随性的风格。

《七夕》是一首"刺美"诗，质朴如日常语。"七夕"，即"七夕节"，也称"乞巧节"，相传每逢农历七月七日晚，牛郎、织女在鹊桥相会；织女是心灵手巧的仙女，这晚人间女子便向她乞求智巧。全诗以"未会"领起，假作不明白而发表明白之见：不明白牛郎为何一定要邀来织女织布，年年都向织女乞求智巧，殊不知人间的智巧已经太多了。诗中表达了诗人对耍奸弄巧世风的反感和谴责。

杨朴的诗现存七首一联。这些诗浅显易懂，流畅上口，读之如饮山野淡酿，品之有绵绵清香。但有时过分直白，便失却诗味，如有《村居感兴》一首，自嘲寒酸："一壶村酒胶牙酸，十数胡羧（cūn）彻骨干。随着四婆裙子后，杖头挑去赛蚕官。"诗人挑着一壶酸酒、十数干胡羧，跟在妻子后面，去祭祀蚕神——寥寥数笔，勾勒出一幅生动场景，如同漫画，给人强烈的印象，风趣而令人心酸，但似乎少些可品啧的醇厚。胡羧，牛额下松弛有皱纹的皮。明人郎瑛《七修类稿续稿·辩证·羧》："殊不知胡羧乃牛额下之垂皮，对之酸酒，杨言其味之恶也。"

二十二

　　刘子仪与夏英公同在翰林①，子仪素为先达。章献临朝时，子仪主文，在贡院②，闻英公为枢密副使，意颇不平，作《埭子诗》云："空呈厚貌临官道，大有人从捷径过。"先朝春月，多召两府、两制、三馆于后苑赏花、钓鱼、赋诗③。自赵元昊背诞，西陲用兵，废缺甚久④。嘉祐末，仁宗始复修故事，群臣和御制诗。是日，微阴寒，韩魏公时为首相⑤，诗卒章云："轻云阁雨迎天仗，寒色留春入寿杯。二十年前曾侍宴，台司今日喜重陪。"时内侍都知任守忠⑥，尝以滑稽侍上，从容言曰："韩琦诗讥陛下。"上愕然，问其故。守忠曰："讥陛下游宴太频。"上为之笑。

【注释】

①夏英公：夏竦（985—1051）字子乔，德安（今江西德安）人。官至宰相，封英国公，谥文庄，经史、百家、阴阳、律历至佛老之书无不通晓，著述甚丰。

②贡院：古代会试的考场，即开科取士的地方。

③两府、两制、三馆：宋代两府为中书省和枢密院，两制即翰林学士和中书舍人，三馆指昭文馆、集贤院、史馆。另中央教育机构广文、太学、律学亦并称"三馆"。

④"自赵元昊"三句：赵元昊（1004—1048），也名李元昊，西夏开国皇帝，李姓为唐所赐，赵姓为宋所赐，曾为宋定难军节度使，袭爵西平王，后弃赐姓，改为嵬名氏，建党项夏国。背诞，违背命令，放诞妄为。废缺，丧失，亏缺。

⑤韩魏公：韩琦（1008—1075）字稚圭，自号赣叟，相州安阳（今属河南）人。仁宗嘉祐元年（1056）任枢密使，英宗时封魏国公。诗中"台司"指三公等宰辅大臣。

⑥任守忠（约990—约1068）：字稷臣，宦官。宋代宦官分内侍省和入内内侍省，后者统辖亲信宦官；内侍省以左班都知、右班都知为最高官职。

【评析】

刘筠长夏竦十四岁，在仕途上一直走在夏竦的前面，可是听到夏竦忽然更得重用，便心生妒意，并写诗讥讽，未免胸狭气小。堠子，古时筑在路旁用以分界或计里数的土坛，每五里筑单堠，十里筑双堠。刘诗将官场升迁比如行路，本应一程一程地前进，可是那标计里程的"堠子"空呈厚貌，假作公正，有人却可走捷径。《庄子·列御寇》："孔子曰：'凡人心险于山川，难于知天。天犹有春秋冬夏旦暮之期，人者厚貌深情……'"庄子言人外貌敦厚而内心复杂难测。刘筠的这两句诗，讽刺夏竦官场走了捷径，也暗含对太后刘娥的抱怨，发泄一腔不平之情。

韩琦的诗只是宫廷宴饮玩乐的应景之作，免不了歌功颂德、粉饰升平。作者巧妙地将本来不如人意的阴寒天气化为奉迎美意，讨君王欢心，而且颇有诗意，着实难得。结尾两句，虽述实事，但暗含恭维：二十年废止之乐事，今国泰民安、升平盛世，乃重得恢复，自是皇上功德；而三公宰辅大臣又能陪君宴乐，自然万分荣幸。字里行间，充满阿谀奉承，当然，这也是臣子的本分。

宦臣任守忠更为机智，顺水推舟，正话反说，既奉承了皇帝，也讨好了韩相，且作为笑话逗大家一乐。他的一句话，也活生生表现出他"这一个"人。

温公不愧记史大家，善于抓住紧要处，轻描淡写，便场面跃然，人物活

现，事件意义、人物性情尽在字句中。

二十三

熙宁初，魏公罢相，留守北京①，新进多陵慢之②。魏公郁郁不得志，尝为诗云："花去晓丛蜂蝶乱，雨匀春圃桔槔闲③。"时人称其微婉。

【注释】

①北京：北宋京城为汴梁（今河南开封），宋仁宗庆历二年（1042）于大名府（在今河北省东南部）建陪都，史称"北京"。神宗即位，改年号熙宁，不久御史中丞王陶弹劾韩琦，说他专执国柄，君弱臣强，且

不赴文德殿押班，专权跋扈。神宗知是诬告，罢了王陶官职，但韩琦仍坚决辞职。熙宁元年（1068）七月，韩琦复判相州（今河南安阳）。

②陵慢：欺凌轻慢。

③桔槔（jié gāo）：俗称"吊杆"，是一种利用杠杆原理从井下提水的工具。

【评析】

此段反映出韩琦人格的另一面，也反映出世态炎凉。韩琦罢相，便受到新升任官员们的凌慢，他写诗委婉反击，发泄自己的愤懑，排遣自己的郁闷。

韩琦诗句中把自己的去官比作花落，将那些欺凌、轻慢他的"新进"比作丛中狂飞乱舞的蜂蝶。第二句则暗况自己罢相后的情形：像风调雨顺时被闲置在那里的桔槔。韩琦罢相位前，曾征讨西夏侵犯，平息陕西起义，与范仲淹等共推新政，赈济饥民，治理军队，而今国家安定，自己则罢职闲居，所以说"雨匀""桔槔闲"。

宋释惠洪《冷斋夜话》卷二载："韩魏公罢政判北京，作《园中行》诗：'风定晓枝蝴蝶闹，雨匀春圃桔槔闲。'"其中"风定"、"蝴蝶闹"与温公所录不同。"风定"似与"雨匀"举对更加工整，但不像"花去"那样明显地隐含罢相事，"蝴蝶"不如"蜂蝶"纷杂，"舞"则不比"乱"字包含斥责意义。如此，《冷斋夜话》载《园中行》二句便完全可以看作吟咏田园风光的诗行。

二十四

元丰初，宦者王绅，效王建作宫词百首，献之，颇有意思。其《太皇太后生日诗》云："太皇生日最尊荣，献寿宫中未五更。天子捧觞仍再拜，宝慈侍立到天明。"宝慈①，皇太后宫名也。太后幸景灵宫②，《驾前露面双童女诗》曰："平明彩仗幸琳宫③，紫府仙童下九重④。整顿珑璁时驻马⑤，画工暗地貌真容。"

【注释】

①宝慈：神宗赵顼为母高太后（1032—1093）建宝慈宫。

②景灵宫：真宗赵恒于大中祥符元年（1008）所建，位于山东曲阜城外交阜平原。

③平明：天大亮时。琳宫：仙宫，也是道观、殿堂的美称。

④紫府：道教称仙人所居。晋人葛洪《抱朴子·袪惑》："及至天上，先过紫府，金床玉几，晃晃昱昱，真贵处也。"秦汉时，相传海中有三岛，十洲位列其中：上岛三洲，为蓬莱、方丈、瀛洲；中岛三洲，为美蓉、阆苑、瑶池；下岛三洲，为赤城、玄关、桃源。三岛之间有紫府洲，为东华帝君较量群仙功行的地方。

⑤珑璁（lóng cōng）：金属、玉石等撞击的声音。

【评析】

"元丰"，宋神宗赵顼年号，起1078年，止1085年。王绅作为宦臣，自是多知宫中事，比王建更有条件写作宫词。《太皇太后生日诗》写神宗为太皇太后祝寿事。神宗为英宗赵曙之子，英宗则实为仁宗之侄。仁宗无子，将濮王赵允让之子接入宫中抚养，后立为嗣。英宗即位后尊仁宗曹皇后（1016—1079）为太后。曹太后性慈俭，重稼穑，常于禁苑中种谷养蚕，又善飞白书。神宗即位，尊曹太后为太皇太后。太皇太后生日，宫中未及五更便开始祝寿；神宗皇帝举酒拜贺，在宝慈宫一直侍立到天明；可见太皇太后生日享尽尊荣。《驾前露面双童女诗》则是写高太后幸景灵宫事。这首诗用"琳宫"、"紫府"、"仙童"等比喻极写高太后驾临景灵宫的华贵，但重点却落在驾前一双女童身上，当马车停下时，画工暗地为这双女童画像。这二首诗只是客观地记录了宫中事实，而无诗歌应有的情思或意趣，甚至看不出作者对事件的态度，读之索然，不可与王建宫词"避暑昭阳不掷卢，井边含水喷鸦雏。内中数日无呼唤，拓得滕王《蛱蝶图》"相提并论。

二十五

　　欧阳公云，《九僧诗集》已亡。元丰元年秋，余游万安山玉泉寺①，于进士闵交如舍得之。所谓九诗僧者：剑南希昼、金华保暹、南越文兆、天台行肇、沃州简长、贵城惟凤、淮南惠崇、江南宇昭、峨眉怀古也②。直昭文馆陈充集而序之③。其美者亦止于世人所称数联耳。交如好治经，所为奇僻，自谓得圣人微旨，先儒所不能到。贫无妻儿，不应举，常寄食僧舍，僧亦不厌苦之。始居龙门山④，犹苦游人往来多，徙居万安山，屏绝人事，专以治经为事⑤，凡数十

年，用心益苦，而去人情益远。众非笑之，交如不变益坚。虽非中行⑥，其志亦可怜也⑦。

【注释】

①万安山：又名"玉泉山"或"大石山"，在洛阳东南侧。

②剑南：今四川成都。金华：今浙江金华。南越：今广东、广西之地，一说今福建。天台：今浙江天台。沃州：今浙江新昌，一说今浙江钱塘江右岸地区。贵城：今广西贵港；或为青城：一说为今河南开封，一说为今四川灌县西南部。淮南：今安徽寿县，一说今安徽滁县东部。江南：宋代有江南东路（今苏、皖及上海）和江南西路（今江西）；或为江东：一说今江苏南京，一说今长江南岸皖、赣部分地区。峨眉：今四川峨嵋。

③直昭文馆陈充：陈充（944—1013）字若虚，自号中庸子，益州成都（今四川成都）人。官至刑部郎中。直昭文馆，宋置官职。洪迈《容斋随笔》卷十六："国朝馆阁之选，皆天下英俊，然必试而后命，一经此职，遂为名流，其高者曰集贤殿修撰，史馆修撰，直龙图阁，直昭文馆、史馆、集贤院秘阁。"

④龙门山：位于河南洛阳南郊。

⑤治经：研究经书。经，指《易》、《诗》、《书》、《礼记》、《春秋》等儒家经典。

⑥中行（zhōng xìng）：行为合乎中道，无过、无不及。

⑦可怜：可爱。

【评析】

温公于熙宁六年（1073）在万安山北面购田亩，筑"独乐园"，如苏东坡《司马君实独乐园》云："青山在屋上，流水在屋下。中有五亩园，花竹秀而野……"温公于此潜心编纂《资治通鉴》达十五载，此处后因名司马村。至元丰七年（1084），前后历时十九年，《资治通鉴》终于完成。正是在此期间，温公与闵交如往还，得见其收存的《九僧诗集》。温公寥寥数语，将一位怪僻狂傲、懒散潦倒的穷书生闵交如生动地刻画了出来。

温公与闵交如来往，今亦留有遗迹。据称，2005年，村民于万安山半腰处白龙潭崖壁上发现一石刻，上有"司马光君实，王尚恭安之，闵交如仲孚，同至此处"清晰字样，落款时间为"元丰六年八月癸丑"，即《资治通鉴》完稿的前一年1083年。

欧阳修虽为"九僧诗"已亡惋惜，但对九僧诗作评价不高，且九僧中只记得惠崇一人名字。温公列出九僧名字及其寺里或氏籍，而对他们的诗评价亦不

高，认为只有常被世人称道的几联还算美好。九僧佳句除欧阳修《六一诗话》中提及者，另如惟凤"家远知琴在，时清卖剑归"、惠崇"花漏沉山月，云衣起海风"、怀古"雾开离草迥，风逆到花迟"等。

九僧诗多写花草星月，雕刻字句，营造境界，超脱孤远，散淡闲适。如希昼之《送信南归雁荡山》："千峰邻积水，秋势远相依。路在深云里，人思绝顶归。长天来月正，危木度猿稀。谁得同无念，寥寥此掩扉。"诗中极力描写雁荡之高深荒僻：千峰与江海相邻，一派秋天景象，绝顶之上，天广月圆，树险猿稀。但信南志在清静修行，弃绝尘世，踏云中山路而归雁荡绝顶。尾联二句感叹：谁能像信南一样心无杂念，于此隔绝人世之处寂寥隐修！

司马光曾被奉为儒家三圣之一，与孔子、孟子相并列，可见其评诗论文尊儒学、重思想内容。九僧诗如此缥缈超脱，而少敦厚务实，自然难合温公圭臬。

二十六

范景仁镇喜为诗①，年六十三致仕。一朝思乡里，遂径行入蜀。故人李才元大临知梓州②，景仁枉道过之③。归至成都，日与乡人乐饮，散财于亲旧之贫者，遂游峨眉青城山，下巫峡，出荆门，凡期岁乃还京师④。在道作诗凡二百五篇，其一联云："不学乡人夸驷马，未饶吾祖泛扁舟。"此二事他人所不能用也。

【注释】

①范景仁镇：范镇（1007—1087）字景仁，成都华阳（今四川成都）人。仁宗时官至翰林学士，因反对王安石变法而退职，哲宗时封蜀郡公，谥忠文。

②李才元大临：李大临字才元，生卒年不详，成都华阳人。曾任工部郎中、天章阁待制等职。

③枉道过之：绕道而过。

④期岁：一年。

【评析】

苏轼《范景仁墓志铭》云："熙宁元丰间，士大夫论天下贤者，必曰君实、景仁，其道德风流足以师表当世，其议论可否，足以荣辱天下。"《宋史》记载，范镇"清白坦夷，遇人必以诚，恭俭慎默，口不言人过"。范镇学本《六经》，口不道佛、老及法家申不害、韩非之说，他的文章在契丹、高丽广为传诵。史记范镇少时赋《长啸》，退胡骑，晚年出使辽国，辽人看他的面目，说："此'长啸公'也。"

《宋史》还说，范镇与司马光相得甚欢，议论如出一口，且约生则互为传，死则作铭，"光生为镇传，服其勇决；镇复铭光墓云：'熙宁奸朋淫纵，险诐恾猾，赖神宗洞察于中。'其辞峭峻"。此节温公以史家如椽巨笔，轻点数墨，即突显出好友道德文章，此非熟稔之深不能为，非大方之家不能作。

温公所举范镇乡游道中所作诗中一联，道出范镇胸怀志向。诗中"乡人"指司马相如：汉司马相如（约前179—前127）字长卿，蜀郡（今四川南充）人，与范镇可为同乡。据晋人常璩（qú）《华阳国志·蜀志》记载，司马相如初离蜀赴长安，曾在成都城北升仙桥题句于桥柱："不乘赤车驷马，不过汝下也！"表达了他致身通显之志。但范镇却鄙弃司马相如的功名富贵之心，而

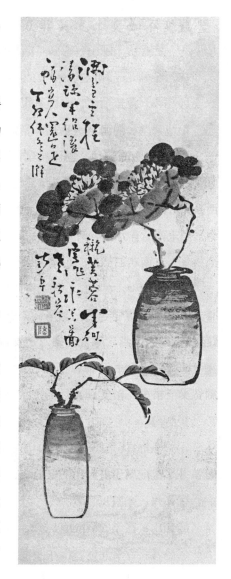

志在学范蠡急流勇退。范蠡，字少伯，生卒年不详，春秋楚国宛（今河南南阳）人。他有功于越王，但知难以久居，遂与西施一起泛舟齐国，变姓名为鸱夷子皮，带领儿子和门徒在海边结庐而居；后又被齐王拜为相国，但只三年，又交印还乡。范镇所谓"未饶吾祖"，即不谦让范蠡，也要像范蠡一样"泛扁舟"而离庙堂。陈师道《后山诗话》说："元祐初，起范蜀公于家，固辞。其表云：'六十三而致仕，固不待年；七十九而造朝，岂云知礼！'"可见，范镇之诗所言其真。

二十七

　　嘉祐中，有刘讽都官[①]，简州人[②]，亦年六十三致仕，夫妇徙居赖山[③]。景仁有诗送之云："移家尚恐青山浅，隐几惟知白日长[④]。"时有朱公绰送讽诗云："疏草焚来应见史[⑤]，橐金散尽只留书[⑥]。"皆为时人所传诵。

【注释】

①刘讽都官：刘讽，不详。都官，掌在京百司吏职补换更替、功过升降考核、州军编配羁管等人在亡记录等。

②简州：今四川简阳。

③赖山：在今安徽淮南。

④隐几：靠着几案，伏在几案上。《庄子·齐物论》："南郭子綦隐机而坐，

仰天而嘘。"唐人成玄英疏："隐，凭也。"

⑤疏草：奏章的草稿。

⑥橐（tuó）金：囊中之金。橐，口袋。

【评析】

"移家"一联，《古今诗话》、《诗话总龟》皆作谢景山诗句，但《温公续诗话》在前，且温公与范镇范景仁为挚友，所述应可信。此二句诗描绘刘讽的生活状态：离世远居，闲散自在。其中一个"恐"字，写出刘讽隐逸志向之深和对当时社会的厌弃。

朱公绰二句，则写刘讽处世态度。焚疏草说他与朝廷彻底断绝关系，放弃政治生涯，透露出他刚直不阿的品格；"应见史"可见其为官正气和高明政见。"橐金散尽"写他仗义疏财，扶助贫弱；"只留书"，可见他崇先贤，好学识，或者这也是他养成正气、树立政见的根源之一。

同为送刘讽徙居赖山之作，如果说范诗主要描写刘讽的外部状况，朱诗则深入刘讽的内部世界，刻画他的精神品格。不同的诗人对同一对象看到的是不同的东西，这取决于诗人的眼光，取决于诗人自己的精神修养和心灵深度。作诗，像其他所有艺术一样，无论表现什么，其实表现的最终是作者自己。

二十八

大名进士耿仙芝①，以诗著，其一联云："浅水短芜调马地，淡云微雨养花天。"为人所称。

【注释】

①耿仙芝：生平不详。

【评析】

清朝厉鹗《宋诗纪事》及今《全宋诗》于耿仙芝名下都只存此一联。此联描写一种景象，上句写地貌：有水不深，有杂草低矮，适合驯养马匹；下句写天气：有云淡薄，有雨不狂暴，适合培植花木。二句对仗工整，"浅"、"短"、"淡"、"微"四字精细而贴切，浅近而凝练，自然天成，无刀斧之痕，显现出诗人体物状貌之细腻功力，所以为人称道。但这两句诗只是营造了一种境界，待有情思寄托，才有灵魂、生气，跃然活泼。

二十九

唐明皇以诸王从学，命集贤院学士徐坚等讨集故事①，兼前世文词，撰《初学记》。刘中山子仪爱其书②，曰："非止初学，可为终身记。"

【注释】

①集贤院学士徐坚：集贤院，唐明皇李隆基朝开元五年（717）于乾元殿写经、史、子、集四部书，置乾元院使，次年改名丽正修书院，十三年（725）改名集贤殿书院，通称"集贤院"，置集贤学士、直学士、侍读学士、修撰官等官，刊缉校理经籍。徐坚（659—729）字固元，长城（今浙江长兴）人，父

为中书舍人徐齐聃（dān），姑母为太宗贤妃徐惠，官至东海郡公，特加光禄大夫，著《晋书》、《大隐传》、《初学记》等，并注《史记》。

②刘中山子仪：即刘筠刘子仪，大名（今属河北）人。大名古代属中山国，故称"刘中山"。

【评析】

《初学记》是唐玄宗时官修的类书，共三十卷，由徐坚等编纂。唐初文风承接六朝余绪，流行骈文，讲究词藻典故。玄宗为诸子作文时便于检查事类，故命编撰此书，因名《初学记》。全书共分二十三部，三百一十三个子目，按"叙事"、"事对"、"诗文"次序编排。"叙事"汇集各种资料说明子目标题，提供有关知识，涉及唐代制度；"事对"列出对偶式的典故，注明出处，包括"岁时"、"居处"、"器物"、"服馔"、"果木"等类目和内容，供作诗为文时选择；"诗文"精选认为有关本题的诗文佳作，其中不少唐人作品，主要是初唐君臣的唱和诗和一些诏册制敕，作为范本以供借鉴。

《四库全书总目提要》对《初学记》的评价是："在唐人类书中，博不及《艺文类聚》，而精则胜之，若《北堂书钞》及《六帖》，则出此书之下远矣。"《艺文类聚》是唐高祖李渊下令编修的类书，欧阳询主编，分四十六部，每部列子目七百二十七个，故事在前，均注出处，所引诗文均注时代、作者与题目，并按不同文体以"诗"、"赋"、"赞"、"箴"等字样标明，所引用的古籍据统计共为一千四百三十一种，全书约百余万言。《北堂书钞》为虞世南（558—638）在隋秘书郎任上所编，全书分为帝王、后妃、政术、刑法、封爵、设官、礼仪、艺文、乐、武功、衣冠、仪饰、服饰、舟、车、酒食、天、岁时、地十九部，八百五十二卷，辑录资料皆采自隋以前古籍。《六帖》初为白居易编辑，后宋人孔传续辑，选辑古籍中的成语故实，以供作诗为文时查检。《初学记》与《北堂书钞》、《艺文类聚》、《六帖》并称隋唐"四大类书"。《四库全书总目提要》认为《初学记》虽不如《艺文类聚》包罗广博，但比其精，而更远胜于《北堂书钞》和《六帖》。刘筠则以为《初学记》不仅为初学时有益，即对终生都可受用。古人作诗为文尊古制，崇古典，编撰《初学记》一类工具书确实不仅可为初学楷模，且于所有作诗为文者大有方便。不过，真正诗文需真情实感。

三十

宗衮尝曰[①]："残人矜才，逆诈恃明，吾终身不为也。"

犹唐相崔涣曰^②："抑人以远谤，吾所不为。"

【注释】

①宗衮（gǔn）：对同族居高位者的敬称。衮，天子及上公的礼服。

②崔涣（?—769）：唐代政治家，历任吏部侍郎、御史大夫等。

【评析】

以才自负而伤害他人，自恃聪明而怀疑别人有诈，皆为修身不正，所以温公宗衮终身不为。此言与崔涣所说绝不通过贬抑他人而远离诽谤相类似。尺有所短，寸有所长，人之才智各不同，以己之长比人之短，自视才高而伤害他人，其实浅薄轻浮，必被别人不齿；自恃聪明而疑人不诚，其实愚顽，必遭众人离弃。贬抑他人以洗清自己，反使自身更加污秽。律己严，待人宽，谦虚行事，忠厚对人，是为人之正道。

宋敏求《春明退朝录》卷上亦有："宗衮尝曰：'残人矜才，逆诈恃明，吾终身不为也。'亦繇（yóu）唐相崔涣曰：'抑人以远谤，吾所不为。'"繇，古同"由"，从、自等意。宋敏求（1019—1079）字次道，赵州平棘（今河北赵县）人，文学家、史地学家，与司马温公同年生，早温公七年殁。不知此言出自哪家之口，或司马光、宋敏求二位之先人都曾说过？抑或两书在后人传抄中有所窜杂？

三十一

杜甫终于耒阳，槁葬之①。至元和中②，其孙始改葬于巩县③，元微之为志④。而郑刑部文宝谪官衡州，有《经耒阳子美墓诗》，岂但为志而不克迁，或已迁而故冢尚存邪？

【注释】

①槁（gǎo）葬：草草埋葬。

②元和：唐宪宗李纯年号，806 年至 820 年。

③巩县：今河南巩义，为杜甫出生地。

④元微之：元稹（779—831）字微之，别字威明，洛阳（今属河南）人。曾居相位，与白居易共倡新乐府，二人并称"元白"。为志：作墓志铭。

附：元稹《唐故工部员外郎杜君墓系铭并序》：

叙曰：余读诗至杜子美而知小大之有所总萃焉。始尧舜时，君臣以赓歌相和，是后诗人继作，历夏、殷、周千余年，仲尼缉拾选练，取其干预教化之尤者三百篇，其余无闻焉。骚人作而怨愤之态繁，然犹去风雅日近，尚相比拟。秦、汉已还，采诗之官既废，天下妖谣民讴、歌颂讽赋、曲度嬉戏之词亦随时间作。至汉武帝赋《柏梁》诗，而七言之体兴。苏子卿、李少卿之徒，尤工为五言。虽句读文律各异，雅郑之音亦杂，而词意简远，指事言情，自非有为而为，则文不妄作。建安之后，天下文士遭罹兵战。曹氏父子鞍马间为文，往往横槊赋诗。其遒壮抑扬，冤哀悲离之作，尤极于古。晋世风概稍存。宋、齐之间，教失根本，士子以简慢歊习舒徐相尚，文章以风容色泽放旷精清为高。盖吟写性灵，流连光景之文也。意义格力固无取焉。陵迟至于梁、陈，淫艳刻饰，佻巧小碎之词剧，又宋、齐之所不取也。

唐兴，官学大振。历世之文，能者互出。而又沈宋之流，研练精切，稳顺声势，谓之为律诗。由是而后，文变之体极焉。然而莫不好古者遗近，务华者去实；效齐、梁则不逮于魏、晋，工乐府则力屈于五言；律切则骨格不存，闲暇则纤秾莫备。至于子美，盖所谓上薄风骚，下该沈宋，言夺苏李，气吞曹刘，掩颜谢之孤高，杂徐庾之流丽，尽得古今之体势，而兼人人之所独专矣。使仲尼考锻其旨要，尚不知贵，其多乎哉。苟以其能所不能，无可无不可，则诗人以来，未有如子美者。

是时山东人李白亦以奇文取称，时人谓之"李杜"。余观其壮浪纵恣，摆去拘束，模写物象，及乐府歌诗，诚亦差肩于子美矣。至若铺陈终始，排比声韵，大或千言，次犹数百，辞气豪迈而风调清深，属对律切而脱弃凡近，则李尚不能历其藩翰，况堂奥乎！

予尝欲条析其文，体别相附，与来者为之准，特病懒未就耳。适遇子美之孙嗣业启子美之枢，襄祔事于偃师。途次于荆，雅知予爱言其大父之为文，拜予为志。辞不能绝，予因系其官阀而铭其卒葬云。

系曰：晋当阳成侯姓杜氏，下十世而生依艺，令于巩。依艺生审言，审言善诗，官至膳部员外郎。审言生闲，闲生甫；闲为奉天令。甫字子美，天宝中献三大礼赋，明皇奇之，命宰相试文，文善，授右卫率府胄曹属。京师乱，步谒行在，拜左拾遗。岁余，以直言失官，出为华州司功，寻迁京兆功曹。剑南节度严武状为工部员外郎，参谋军事。旋又弃去，扁舟下荆、楚间，竟以寓卒，旅殡岳阳，享年五十九。夫人弘农杨氏女，父曰司农少卿怡，四十九年而终。嗣子曰宗武，病不克葬，殁，命其子嗣业。嗣业以家贫无以给丧，收拾乞丐，焦劳昼夜，去子美殁后余四十年，然后卒先人之志，亦足为难矣。

铭曰：维元和之癸巳粤某月某日之佳辰，合窆我杜子美于首阳之山前。呜呼！千载而下，曰此文先生之古坟。

赓（gēng）歌相和：作歌唱和。

横槊（shuò）赋诗：横着长矛而赋诗。指能文能武的英雄豪迈气概。

歙（xī）习：不断张扬。

藩（fān）翰：即藩篱、篱笆。

襄祔（fù）事：帮助合葬的事。祔，合葬。

元和癸巳：813年。粤：助词，无实义。

合窆（biǎn）：埋葬。

【评析】

《旧唐书·杜甫传》记载："永泰元年……蜀中大乱。甫以其家避乱荆、楚，扁舟下峡，未维舟而江陵乱，乃溯沿湘流，游衡山，寓居耒阳。甫尝游岳庙，为暴水所阻，旬日不得食。耒阳聂令知之，自棹舟迎甫而还。永泰二年，啖牛肉白酒，一夕而卒于耒阳，时年五十九。"《新唐书·杜甫传》也记此事，但年号为"大历"。"永泰"（765—766）、"大历"（767—779）都是唐代宗李豫年号。杜甫应为大历四年（769）避乱出蜀，大历五年（770）卒于耒阳（在今湖南）。《耒阳县志》也有记载："杜陵祠在县北二里，祠后即杜墓。"此墓现仍存在。

《旧唐书·杜甫传》还记载："元和中，宗武子嗣业，自耒阳迁甫之枢，归葬于偃师县西北首阳山之前。"偃师今属河南洛阳。宗武为杜甫之子。按照元稹《唐故工部员外郎杜君墓系铭并序》之"系"，杜甫为晋朝当阳侯之后，曾祖杜依艺，祖父唐诗人杜审言，父杜闲，妻弘农（陕西、河南接壤一带）望族杨氏，岳父是司农少卿（掌管农业官员）杨怡；杜甫死后，其子宗武因病不能安葬，宗武子嗣业遵父命在杜甫死后四十余年终于迁杜甫遗骨于首阳山前。目前，学界大多认为巩义为杜甫的真正墓地。

元稹《唐故工部员外郎杜君墓系铭并序》之序中，高度评价了杜甫的诗歌创作才华。元稹认为杜甫上接近《诗经》之《风》、《雅》，下涵盖沈佺期、宋之问，言词胜过苏味道、李峤，气势强于曹植、刘桢，超越颜延之、谢灵运的孤高，兼有徐陵、庾信的流丽，古今体势、昔人独专在杜甫那里尽皆有之。初唐诗人沈佺期、宋之问继南朝沈约、谢朓等永明诗体，辨平仄、调粘对，从而完成了律诗的演进，如中唐独孤及《皇甫公集序》所说："至沈詹事、宋考功，始裁成六律，彰施五色，使言之而中伦，歌之而成声，缘情绮靡之功，至是乃备。"唐初诗人苏味道、李峤对唐代律诗和歌行的发展具有影响，明朝胡震亨《唐音癸签》说："巨山五言，概多典丽，将味道难为苏。"曹植、刘桢乃建安著名诗人，推动了近体诗的形成，清朝顾炎武《〈音学五书〉序》有云："仅按班张以下诸人之赋、曹刘以下诸人之诗所用之音，撰为定本，于是今音行而古音亡。"南朝诗人颜延之自称"平生不喜见要人"，有山水诗鼻祖之誉的谢灵运则自夸：魏晋以来天下文才共一石，曹子建独占八斗，他得一斗，余者共分一斗；《宋书》称其二人"俱以词彩齐名"。南朝诗人徐陵擅为宫体诗，词彩绮丽，而庾信诗作清丽精约，杜甫曾言"庾信文章老更成"。在元稹看来，如果让孔子考查研究杜甫诗歌的旨要，也不知会多么高地评价它，他以为杜甫能别人所不能，没有杜甫做不到的，有诗人以来没有比得上杜甫的。

　　元稹在序中还将杜甫与李白相比较：李白豪放不羁，无所拘束，模写物象及乐府歌诗与杜甫不分上下，而"铺陈终始，排比声韵，大或千言，次犹数百，词气豪迈而风调清深，属对律切而脱弃凡近"，则李白相去杜甫甚远。总之，在元氏看来，杜甫之诗胜于李白。其实李、杜诗风大不相同，元氏看出二者差异，但其词似嫌过激。

　　元稹在"序"中对自古至唐初的诗歌历史作了勾画和评论，虽然粗略，且只一己之见，难免偏颇，但于后世亦多影响。他标榜风雅，主张诗干预教化，重实，反虚华，同时赞扬古近兼修，贯通百家。

温公所说郑文宝《经耒阳子美墓诗》现已不存。据宋人蔡启《蔡宽夫诗话》记云："仲贤当前辈未贵杜诗时，〔独〕知爱尚。"在南唐、宋初杜甫诗不为世人重视之际，郑文宝独能推崇，可想其《经耒阳子美墓诗》会对杜甫深情缅怀，高度评价。

三十二

北都使宅①，旧有过马厅。按唐韩偓诗云②："外使进鹰初得按，中官过马不教嘶。"注云："乘马必中官驭以进，谓之过马。既乘之，然后蹀躞嘶鸣也。"盖唐时方镇亦效之③，因而名厅事也④。

【注释】

①北都：西晋末鲜卑拓跋猗（yī）卢筑盛乐城为北都，在今内蒙古呼和浩特市和林格尔县，现为盛乐经济园区、内蒙古师范大学盛乐校区等。

②韩偓（wò，842—923）：字致光，号致尧，晚年又号玉樵山人，万年县（今陕西樊川）人。官至翰林学士。其诗《苑中》云："上苑离宫处处迷，相风高与露盘齐。金阶铸出狻猊立，玉柱雕成狒狖啼。外使调鹰初得按，中官过马不教嘶。笙歌锦绣云霄里，独许词臣醉似泥。"上苑：供皇帝打猎、游玩的

园林。离宫：国都之外为皇帝修建的宫殿，也泛指皇帝出巡时的住所。相风：观测风向。晋朝潘岳《相风赋》云："立成器以相风，栖灵乌于帝庭。"此处指相乌，即古代观测风向的仪器。露盘：承露盘。汉武帝曾在长安建造了承露盘，用来承接上天赐予的甘露，以求长生，并标榜政德。狻猊（suān ní）：传说中龙生九子之一，形如狮，古书记载是能食虎豹的猛兽。狒狨（mù）：猿猴一类的动物，佛家传说毗（pí）沙门天王有狒狨伴行。外使调鹰，宋人龙衮《全唐诗话》注"外使调鹰初得按"："五方外使，以鹰隼初调习，始能擒获，谓之得案"。唐有五坊，即雕、鹘、鹞、鹰、狗，供君主狩猎时用，原属殿中省闲厩使管辖，后改属宣徽院，由宦官主管。《资治通鉴·后晋齐王开运

三年》："开封尹桑维翰，以国家危在旦夕，求见帝言事，帝方在苑中调鹰，辞不见。"中官：此处指宦官。词臣：指文学侍从之臣，如翰林等。

③方镇：太宗贞观元年（627），依据山川形势划分全国为关内、河南、河北、河东、陇右、山南、剑南、淮南、江南、岭南等十道，临时遣官巡察。玄宗开元二十一年（733），又分江南道为黔中道、江南西道、江南东道，分山南道为东西两道，关内分出京畿道，河南分出都畿道，共成十五道，各道设采访处置使，三年一替，检举非法。后边境不靖，处置使又兼度支使等，逐渐掌握财政、军政方面大权，称为"节度使"。

④厅事：官署视事问案的厅堂。

【评析】

韩偓自幼聪明好学，十岁即席赋诗送姨夫李商隐，令满座皆惊，李商隐称赞他的诗："雏凤清于老凤声。"韩偓的写景诗构思新巧，体味细腻，借景抒情，情景浑涵一体。他擅以七律诗体写时事，笔调沉郁，词彩清丽，哀婉顿挫。韩偓是晚唐杰出诗人，有"一代诗宗"之誉。他的《苑中》诗写李唐皇帝骄奢纵欲，寻欢作乐，不理朝政。

温公援引《苑中》诗中"外使"二句，在于说明唐朝效古，设有过马厅。